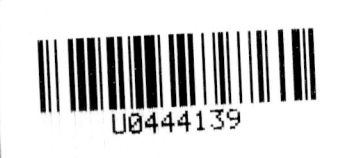

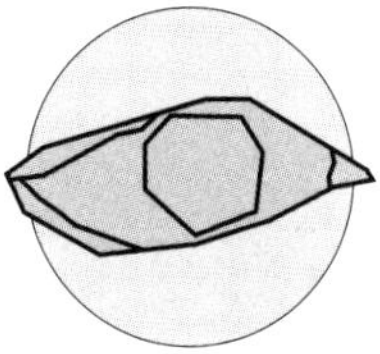

# 没有语言的生活

*Life Without Words*

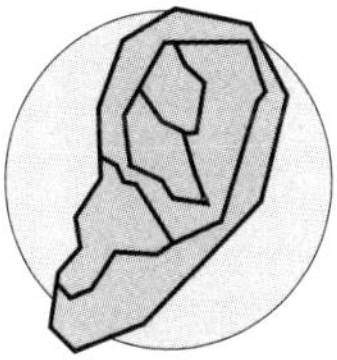

东西 著

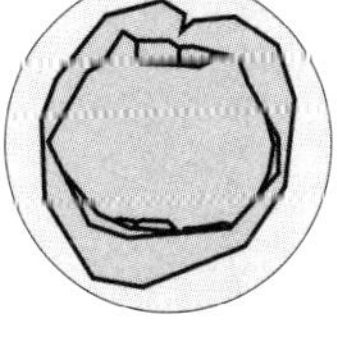

人民文学出版社

图书在版编目（CIP）数据

没有语言的生活/东西著. —北京：人民文学出版社，2022
ISBN 978-7-02-017398-3

Ⅰ.①没… Ⅱ.①东… Ⅲ.①中篇小说—小说集—中国—当代 Ⅳ. ①I247.5

中国版本图书馆CIP数据核字（2022）第152842号

责任编辑 刘 稚 向心愿
装帧设计 刘 远
责任校对 李 雪
责任印制 苏文强

出版发行 人民文学出版社
社　　址 北京市朝内大街166号
邮政编码 100705

印　　刷 北京盛通印刷股份有限公司
经　　销 全国新华书店等

字　　数 139千字
开　　本 850毫米×1168毫米 1/32
印　　张 7.75 插页1
印　　数 1—5000
版　　次 2022年9月北京第1版
印　　次 2022年9月第1次印刷

书　　号 978-7-02-017398-3
定　　价 65.00元

# 目录

001　没有语言的生活
048　救命
108　不要问我
193　目光愈拉愈长

# 没有语言的生活

王老炳和他的聋儿子王家宽在坡地上除草，玉米已高过人头，他们弯腰除草的时候谁也看不见谁。只有在王老炳停下来吸烟的瞬间，他才能听到王家宽刮草的声音。王家宽在玉米林里刮草的声音响亮而富有节奏，王老炳以此判断儿子很勤劳。

那些生机勃勃的杂草，被王老炳锋利的刮子斩首，老鼠和虫子蹿出它们的巢四处流浪。王老炳看见一团黑色的东西向他扑来，当他意识到撞了蜂巢的时候，他的头部、脸蛋以及颈部全被马蜂包围。他在疼痛中倒下，叫喊，在玉米地里滚动。大约滚了二十米，他看见蜂团仍然盘旋在他的头顶，像一朵阴云紧追不舍。王老炳开始呼喊王家宽的名字。但是王老炳的儿子王家宽是个聋子，王家宽这个名字对于王家宽形同虚设。

王老炳抓起地上的泥土与蜂群作最后的抵抗，当泥土撒向天空时，蜂群散开了，当泥土落下来的时候，马蜂也落下来。

它们落在王老炳的眼睛、鼻子和嘴巴上。王老炳感到眼睛快要被蜇瞎了。王老炳喊家宽，快来救我。家宽妈，我快完蛋啦。

王老炳的叫喊像水上的波澜归于平静之后，王家宽刮草的声音显得愈来愈响亮。刮了好长一段时间，王家宽感到有点儿口渴，便丢下刮子朝他父亲王老炳那边走去。王家宽看见一大片肥壮的玉米被压断了，父亲王老炳仰天躺在被压断的玉米秆上，头部肿得像一个南瓜，瓜的表面光亮如镜照得见天上的太阳。

王家宽抱起王老炳的头，然后朝对面的山上喊狗子、山羊、老黑……快来救命啊。喊声在两山之间盘旋，久久不肯离去。有人听到王家宽尖利的叫喊，以为他是在喊他身边的动物，所以并不理会。当王家宽的喊声和哭声一同响起来时，老黑感到事情不妙。老黑对着王家宽的玉米地喊道：家宽……出什么事了？老黑连连喊了三声，没有听到对方的回音，便继续他的劳动。老黑突然意识到家宽是个聋子，于是老黑静静地立在地里，听王家宽那边的动静。老黑听到王家宽的哭声掺和在风声里，我爹他快死了，我爹捅了马蜂窝快被蜇死了……

王家宽和老黑把王老炳背回家里，请中医刘顺昌为王老炳治疗。刘顺昌指使王家宽脱掉王老炳的衣裤。王老炳像一头褪了毛的肥猪躺在床上，许多人站在床边围观刘顺昌治疗。刘顺昌把药水涂在王老炳的头部、颈部、手臂、胸口、肚脐、大腿等处，人们的目光跟随刘顺昌的手游动。王家宽发现众人的目光落在他爹的大腿上，他们交头接耳像是说他爹的什么隐私。王家宽突然感到不适，觉得躺在床上的不是他爹而是他自己。王家宽从床头拉出一条毛巾，搭在他爹的大腿上。

刘顺昌被王家宽的这个动作蜇了一下，他把手停在病人的身上，对着围观的人们大笑。他说家宽是个聪明的孩子，他的耳朵虽然听不见，但他已猜到我们在说他爹，他从你们的眼睛里脸蛋上猜出了你们说话的内容。

刘顺昌递给王家宽一把钳子，暗示他把王老炳的嘴巴撬开。王家宽用一根布条，在钳口处缠了几圈，然后才把钳口小心翼翼地伸进他爹的嘴巴，撬开他爹紧闭的牙关。刘顺昌一边灌药一边说家宽是个细心人，我没想到在钳口上缠布条，他却想到了，他是怕他爹痛呢。如果他不是个聋人，我真愿意收他做我的徒弟。

药汤灌毕，王家宽从他爹嘴里抽出钳子，大声叫了刘顺昌一声师傅。刘顺昌被叫声惊住，片刻之后才回过神来。刘顺昌说家宽你的耳朵不聋了，刚才我说的你都听见了，你是真聋还是假聋？王家宽对刘顺昌的质问未作任何反应，依然一副聋子模样。尽管如此，围观者的身上还是起了一层鸡皮疙瘩，他们感到害怕，害怕刚才他们的嘲笑已被王家宽听到了。

十天之后，王老炳的身体才基本康复，但是他的眼睛什么也看不见了，他成了一个货真价实的瞎子。不知情的人问他，好端端的一双眼睛，怎么就瞎了？他总是不厌其烦地回答：是马蜂蜇瞎的。由于他不是天生的瞎子，他的听觉器官和嗅觉器官并不特别发达，他的行动受到了局限，没有儿子王家宽，他几乎寸步难行。

老黑养的鸡东一只西一只地死掉。起先老黑还有工夫把死掉的鸡捡回来拔毛，弄得鸡毛满天飞。但是一连吃了三天死鸡肉之后，老黑开始感到腻味。老黑把那些死鸡埋在地里，丢在坡地。王家宽看见老黑提着一只死鸡往草地走，知道鸡瘟从老黑家开始蔓延了。王家宽拦住老黑，说你真缺德，鸡瘟来了为什么不告诉大家？老黑嘴皮动了动，像是辩解。王家宽什么也没听到。

第二天，王家宽整理好担子，准备把家里的鸡挑到街上去卖。临行前王老炳拉住王家宽，说家宽，卖了鸡后给老子买一块肥皂回来。王家宽知道爹想买东西，但是不知道爹要买什么东西。王家宽说爹，你要买什么？王老炳用手在胸前画出一个方框。王家宽说那是要买香烟吗？王老炳摇头。王家宽说那是要买一把菜刀？王老炳仍然摇头。王老炳用手在头上、耳朵上、脸上、衣服上搓来搓去，作进一步的提醒。王家宽愣了片刻，终于啊了一声。王家宽说爹，我知道了，你是要我给你买一条毛巾。王老炳拼命地摇头，大声说不是毛巾，是肥皂。

王家宽像是完全彻底地领会了他爹的意图，掉转身走了，空留下王老炳徒劳无益的叫喊。

王老炳摸出家门，坐在太阳光里，他嗅到太阳炙烤下衣服冒出的汗臭，青草和牛屎的气味弥漫在他的周围。他的身上出了一层细汗，皮肤似乎快被太阳烧熟了。他知道这是一个伸手就可以触摸到阳光的日子，这个日子特别漫长。赶街归来的喧闹声，从王老炳的耳边飘过，他想从那些声音里辨出王家宽的声音。但是他一次又一次地失望。他听到了一个孩童在大路上唱的一首歌谣，孩童边唱边跑，那声音很快就干干净净地消失了。

热力渐渐从王老炳的身上减退，他知道这一天已接近尾声。他听到收音机里的声音向他走来，收音机的声音淹没了王家宽的脚步声。王老炳不知道王家宽已回到家门口。

王家宽把一条毛巾和一百元钱塞到王老炳手中。王家宽说爹，这是你要买的毛巾，这是剩下的一百元钱，你收好。王老炳说你还买了些什么？王家宽从脖子上取下收音机，凑到王老炳的耳边，说爹，我还买了一个小收音机给你解闷。王老炳说你又听不见，买收音机干什么？

收音机在王老炳手中咿咿呀呀地唱，王老炳感到一阵悲凉。他的手里捏着毛巾、钞票和收音机，唯独没有他想买的肥皂。他想肥皂不是非买不可，但是家宽怎么就把肥皂理解成毛巾了呢？家宽不领会我的意图，这日子怎么过下去。如果家宽妈还活着，事情就好办了。

几天之后，王家宽把收音机据为已有。他把收音机吊在脖子上，音量调到最大，然后走家串户。王家宽走到哪里，哪里的狗就对着他狂叫不息。即便是很深很深的夜晚，有人从梦中醒来，也能听到收音机里不知疲劳的声音。伴随着收音机嘻嘻哈哈的，是王老炳的责骂。王老炳说你这个聋子，连半个字都听不清楚，为什么把收音机开得那么响，你这不是白费电池白费你老子的钱吗？

吃罢晚饭，王家宽最爱去谢西烛家看他们打麻将。谢西烛看见王家宽把收音机紧紧抱在胸前，像抱着一个宝贝，双手不停地在收音机的壳套上摩挲。谢西烛指了指收音机，对王家宽说，你听得到里面的声音吗？王家宽说我听不到但我摸得到声音。谢西烛说这就奇怪了，你听不到里面的声音，为什么又能听到刚才我的声音？王家宽没有回答，只是嘿嘿地笑，笑过数声后，他说他们总是问我，听不听得到收音机里在说什么？嘿嘿。

慢慢地，王家宽成了一些人的中心，他们跨进谢西烛家的大门，围坐在王家宽的周围。一次收音机里正在说相声，王家宽看见人们前仰后合地咧嘴大笑，也跟着笑。谢西烛说你笑什么？王家宽摇头。谢西烛把嘴巴靠近王家宽的耳朵，炸雷似的喊：你笑什么？王家宽像被什么击昏了头，木然地望着谢西烛。好久了王家宽才说，你们笑，我也笑。谢西烛说我要是你，才不在这里呆坐，在这里呆坐不如去这个。谢西烛用右手的食指和左手的拇指与食指，做了一个淫秽的动作。

谢西烛看见王家宽脸上红了一下，谢西烛想他也知道羞耻。王家宽悻悻地站起来，朝大门外的黑夜走去，从此他再也不踏进谢家的大门。

王家宽从谢家走出来时，心头像爬着个虫子不是滋味。他闷头闷脑在路上走了十几步，突然碰到了一个人。那个人身上带着浓香，只轻轻一碰就像一捆稻草倒在了地上。王家宽伸手去拉，拉起来的竟然是朱大爷的女儿朱灵。王家宽想绕过朱灵往前走，但是路被朱灵挡住了。

王家宽把手搭在朱灵的膀子上，朱灵没有反感。王家宽的手慢慢上移，终于触摸到了朱灵温暖细嫩的脖子。王家宽说朱灵，你的脖子像一块绸布。说完，王家宽在朱灵的脖子上啃了一口。朱灵听到王家宽的嘴巴啧啧响个不停，像是吃上了什么可口的食物，余香还残留在嘴里。朱灵想我从来没有听到过这么贪婪动听的咂嘴声。她被这种声音迷惑，整个身躯似乎已飘离地面，她快要倒下去了。王家宽把她搂住，王家宽的脸碰到了她嘴里呼出的热气。

他们像两个落水的人，现在攀肩搭背朝夜的深处走去。黑夜显得公正平等，声音成为多余。朱灵伸手去关收音机，王家宽又把它打开。朱灵觉得收音机对于王家宽，仅仅是一个四四方方的匣子，吊在他的脖子上，他能感受到重量并不能感受到声音。朱灵再次把收音机夺过来，贴到耳边，然后把声音慢慢地推远，整个世界突然变得沉静安宁。王家宽显得很高兴，他用手不停地扭动朱灵胸前的扣子，说你开我的收音机，我开你的收音机。

村里的灯一盏一盏地熄灭，王家宽和朱灵在草堆里迷迷糊糊地睡去。朱灵像做了一场梦，在这个夜晚之前，她一直被父母严加看管。母亲安排她做那些做也做不完的针线活。母亲还努力营造一种温暖的气氛，比如说炒一盘热气腾腾的瓜子，放在灯下慢慢地剥，然后把瓜子丢进朱灵的嘴里。母亲还马不停蹄地说男人怎么怎么地坏，大了的姑娘到外面去野如何如何地不好。

朱灵在朱大爷的呼唤声中醒来。朱灵醒来时发觉有一双男人的手按在自己的胸前，便朝男人的脸上狠狠地扇了一巴掌。王家宽松开双手，感到脸上一阵阵麻辣。王家宽看见朱灵独自走了，屁股一扭一扭。王家宽说你这个没良心的。朱灵从骂声里觉出一丝痛快，她想今天我造反了，我不仅造了父母的反，也造了王家宽的反，我这巴掌算是把王家宽占的便宜赚回来了。

次日清晨，王家宽还没起床便被朱大爷从床上拉起来。王家宽看见朱大爷唾沫横飞捞袖握拳，似乎是要大打出手才解心中之恨。在看到这一切的同时，王家宽还看到了朱灵。朱灵双手垂落胸前，肩膀一抽一抽地哭。她的头发像一团凌乱的鸡窝，上面还沾着一丝茅草。

朱大爷说家宽，昨夜朱灵是不是和你在一起？如果是的，我就把她嫁给你做老婆算了。她既然喜欢你，喜欢一个聋子，我就不为她瞎操心了。朱灵抬起头，用一双哭红的眼睛望着王家宽，朱灵说你说，你要说实话。

王家宽以为朱大爷问他昨夜是不是睡了朱灵？他被这个问题吓怕了，两条腿像站在雪地里微微地颤抖起来。王家宽拼命地摇头，说没有没有……

朱灵垂立的右手像一根树干突然举过头顶，然后重重地落在王家宽的左脸上。朱灵听到鞭炮炸响的声音，她的手掌被震麻了。她看见王家宽身子一歪，几乎跌倒下去。王家宽捂住火辣的左脸，感到朱灵的这一掌比昨夜的那一掌重了十倍，看来我真的把朱灵得罪了，大祸就要临头了。但是我在哪里得罪了朱灵？我为什么平白无故地遭打？

朱灵捂着脸返身跑开，她的头发从头顶散落下来。王家宽进屋找他爹王老炳。他说她为什么打我？王家宽话音未落，又被王老炳扇了一记耳光。王老炳说谁叫你是聋子？谁叫你不会回答？好端端一个媳妇，你却没有福分享受。

王家宽开始哭，哭过一阵之后，他找出一把尖刀，跑出家门。他想杀人，但他跑过的地方没有任何人阻拦他。他就这样朝着村外跑去，鸡狗从他脚边逃命，树枝被他砍断。他想干脆自己把自己干掉算了，免得硌痛别人的手。想想家里还有个瞎子爹，他的脚步放慢下来。

凡是夜晚，王家宽闭门不出。他按王老炳的旨意，在灯下破篾，准备为他爹编一床席子。王老炳认为男人编篾货就像女人织毛线或者纳鞋底，只要他们手上有活，就不会出去惹是生非。

破了三晚的篾条，又编了三天，王家宽手下的席子开始有了席子的模样。王老炳在席子上摸了一把，很失望地摇头。王家宽看见爹不停地摇手，爹好像是不要我编席子，而是要我编一个背篓，并且要我马上把席子拆掉。王家宽说我马上拆。爹的手立即安静下来，王家宽想我猜对爹的意思了。

就在王家宽专心拆席子的这个晚上，王老炳听到楼上有人走动。王老炳想是不是家宽在楼上翻东西。王老炳叫了一声家宽，是你在楼上吗？王老炳没有听到回音。楼上的翻动声愈来愈响，王老炳想这不像是家宽弄出来的声音，何况堂屋里还有人在抽动篾条，家宽只顾拆席子，他还不知道楼上有人。

王老炳从床上爬起来，估摸着朝堂屋走去。他先是被尿桶绊倒，那些陈年老尿洒满一地，他的裤子湿了，衣服湿了，屋子里飘荡腐臭的气味。他试图重新站起来，但是他的头撞到了木板，他想我已经爬到了床下。他试探着朝四个不同的方向爬去，四面似乎都有了木板，他的额头上撞起五个小包。

王家宽闻到一股浓烈的尿臭，以为是他爹起床小解。尿臭持续了好长一段时间，并且愈来愈浓重，他于是提灯来看他爹。他看见他爹湿淋淋地趴在床底，嘴张着，手不停地往楼上指。

王家宽提灯上楼，看见楼门被人撬开，十多块腊肉不见了，剩下那根吊腊肉的竹竿在风中晃来晃去，像空荡荡的秋千架。王家宽对着楼下喊：腊肉被人偷走啦。

第五天傍晚，刘挺梁被他父亲刘顺昌绑住双手，押进王老炳家大门。刘挺梁的脖子上挂着两块被火烟熏黑的腊肉，那是他偷去的腊肉中剩下的最后两块。刘顺昌朝刘挺梁的小腿踹了一脚，刘挺梁双膝落地，跪在王老炳的面前。

刘顺昌说老炳，我医好过无数人的病，就是医不好我这个仔的手。一连几天我发现他都不回家吃饭，觉得有些奇怪，就跟踪他。原来他们在后山的林子里煮你的腊肉吃，他们一共四人，还配备了锅头和油盐酱醋。别的我管不着，刘挺梁我绑来了，任由你处置。

王老炳说挺梁，除了你还有哪些人？刘挺梁说狗子、光旺、陈平金。

王老炳的双手顺着刘挺梁的头发往下摸，他摸到了腊肉，然后摸到了刘挺梁反剪的双手。他把绳子松开，说今后你们别再偷我的了，你走吧。刘挺梁起身走了。刘顺昌说你怎么就这样轻轻松松地打发他？王老炳说顺昌，我是瞎子，家宽耳朵又聋，他们要偷我的东西就像拿自家的东西，易如反掌，我得罪不起他们。

刘顺昌长长地嘘了一口气，说你的这种状况非改变不可，你给家宽娶个老婆吧。也许，那样会好一点儿。王老炳说谁愿意嫁他呀。

刘顺昌在为人治病的同时，也在暗暗为王家宽物色对象。第一次，他为王家宽带来一个寡妇。寡妇手里牵着一个大约五岁的女孩，怀中还抱着一个不满周岁的婴儿。寡妇面带愁容，她的丈夫刚刚病死不久，她急需一个男劳力为她耙田犁地。

寡妇的女孩十分乖巧，她一看见王家宽便双膝落地，给王家宽磕头。她甚至还朝王家宽连连叫了三声爹。刘顺昌想可惜王家宽听不到女孩的叫声，否则这桩婚姻十拿九稳了。

王家宽摸摸女孩的头，把她从地上拉起来，为她拍净膝盖上的尘土。拍完尘土之后，王家宽的手无处可放。他犹豫了片刻，终于想起去抱寡妇怀中的婴儿。婴儿张嘴啼哭，王家宽伸手去掰婴儿的大腿，他看见婴儿腿间鼓胀的鸟仔。他一边用右中指在上面抖动，一边笑嘻嘻地望着寡妇。一线尿从婴儿的腿中间射出来，婴儿止住哭声，王家宽的手上沾满了热尿。

趁着寡妇和小女孩吃饭的空隙，王家宽用他破篾时剩余的细竹筒，做了一支简简单单的箫。王家宽把箫凑到嘴上狠劲儿地吹了几口，估计是有声音了，他才把它递给小女孩。他对小女孩说等吃完饭了，你就吹着这个回家，你们不用再来找我啦。

刘顺昌看着那个小女孩一路吹着箫，一路跳着朝她们的来路走去。箫声粗糙断断续续，虽然不成曲调，但听起来有一丝凄凉。刘顺昌摇着头，说王家宽真是没有福分。

后来刘顺昌又为王家宽介绍了几个单身女人。王家宽不是嫌她们老就是嫌她们丑。没有哪个女人能打动他的心，他似乎天生地仇恨那些试图与他一起生活的女人。刘顺昌找到王老炳，说老炳呀，他一个聋人挑来挑去的，什么时候才有个结果，干脆你做主算啦。王老炳说你再想想办法。

刘顺昌把第五个女人带进王家时，太阳已经西落。这个来自异乡的女人，名叫张桂兰。为了把她带进王家，刘顺昌整整走了一天的路程。刘顺昌在灯下不停地拍打他身上的尘土，也不停地痛饮王家宽端给他的米酒。随着一杯又一杯米酒的灌入，刘顺昌的脸变红脖子变粗。刘顺昌说老炳，这个女人什么都好，就是左手不太中用，其实也没什么，就是伸不直。今夜，她就住在你家啦。

自从那次腊肉被盗之后，王家宽和王老炳就开始合床而睡，这样做的目的，是为了防止再有小偷进入时，他们好联合行动。张桂兰到达的这个夜晚，王家宽仍然睡在王老炳的床上。王老炳用手不断地掐王家宽的大腿、手臂，示意他过去跟张桂兰睡。但是王家宽赖在床上死活不从。渐渐地王家宽抵挡不住他爹的攻击，从床上爬了起来。

从床上爬起来的王家宽没有去找张桂兰，他在门外的晒楼上独坐，多日不用的收音机又挂到他脖子上。大约到了下半夜，王家宽在晒楼上睡去，收音机彻夜不眠。如此三个晚上，张桂兰逃出王家。

小学老师张复宝、姚育萍夫妇，还未起床便听到有人敲门。张复宝拉开门，看见王家宽挑着一担水站在门外。张复宝揉揉眼睛伸伸懒腰，说你敲门，有什么事？王家宽不管允不允许，径直把水挑进大门，倒入张复宝家的水缸。王家宽说今后，你们家的水我包了。

每天早晨，王家宽准时把水挑进张复宝家的大门。张复宝和姚育萍都猜不透王家宽的用意。挑完水后的王家宽站在教室的窗口，看学生们早读，有时他一直看到张复宝或者姚育萍上

第一节课。张复宝想他是想跟我学识字吗？他的耳朵有问题，我怎么教他？

张复宝试图阻止王家宽的这种行动，但王家宽不听。挑了大约半个月，王家宽悄悄对姚育萍说，姚老师，我求你帮我写一封信给朱灵，你说我爱她。姚育萍当即用手比画起来。王家宽猜测姚老师的手势。姚老师的大意是说信不用写，由她去找朱灵当面说说就可以了。王家宽说我给你挑了差不多五十挑水，你就给我写五十个字吧，要以我的口气写，不要给朱灵知道是谁写的，求你姚老师帮个忙。

姚育萍取出纸笔，帮王家宽写了满满一页纸的字。王家宽揣着那页纸，像揣一件宝贝，等待时机交给朱灵。

王家宽把纸条揣在怀里三天，仍然没有机会交给朱灵。独自一人的时候，王家宽偷偷掏出纸条来左看右看，似乎是能看得懂上面的内容。

第四天晚上，王家宽趁朱灵的父母外出串门的时机，把纸条从窗口递给朱灵。朱灵看过纸条后，在窗口朝王家宽笑，她还把手伸出窗外摇动。

朱灵刚要出门，被串门回来的母亲堵在门内。王家宽痴痴地站在窗外等候，他等到了朱大爷的两只破鞋子。那两只鞋子从窗口飞出来，正好砸在王家宽的头上。

姚育萍发觉自己写的情书未起作用，便把这件差事推给张复宝。王家宽把张复宝写的信交给朱灵后，不仅看不到朱灵的笑脸，连那只在窗口挥动的手也看不到了。

一开始朱灵就知道王家宽的信是别人代写的，她猜遍了村上能写字的人，仍然没有猜出那信的出处。当姚育萍的字换成张复宝的字之后，朱灵的心情变得复杂起来。她看见信后的落款，由王家宽变成了张复宝，不知道这是有意的错误或是无意的？如果是有意的，王家宽被这封求爱信改变了身份，他由求爱者变成了邮递员。

在朱灵家窗外徘徊的人不止是王家宽一个，他们包括狗子、刘挺梁、老黑以及杨光，当然还包括一些不便公开姓名的人（有的是已经结婚的，有的是国家干部）。狗子们和朱灵一起长大一起上小学读初中，他们百分之百地有意或无意地抚摸过朱灵那根粗黑的辫子。狗子说他抚摸那根辫子就像抚摸新学期的课本，就像抚摸他家那只小鸡的绒毛。现在朱灵已剪掉了那根辫子，狗子们面对的是一个待嫁的美丽的姑娘。狗子说我想摸她的脸蛋。

但是在王家宽向朱灵求爱的这年夏天，狗子们意识到他们的失败。他们开始朝朱家的窗口扔石子、泥巴，在朱家的大门上写淫秽的句词，画凌乱的人体的某些器官。王家宽同样是一个失败者，只不过他没有意识到。

狗子看见王家宽站在朱家高高的屋顶上，顶着烈日为朱大爷盖瓦。狗子想朱大爷又在剥削那个聋子的劳动力。狗子用手把王家宽从屋顶上招下来，拉着他往老黑家走。王家宽惦记没有盖好的屋顶，一边走一边回头求狗子不要添乱。王家宽拼命挣扎，最终还是被狗子推进了老黑家的大门。

狗子问老黑准备好了没有？老黑说准备好了。狗子于是勒住王家宽的双手，杨光按下王家宽的头。王家宽的头被浸泡进一盆热水里，就像一只即将被扒毛的鸡浸入热水里。王家宽说你们要干什么？

王家宽顶着湿漉漉的头发，被狗子和杨光强行按坐在一张木椅上。老黑拿着一把锋利的剃刀走向木椅。老黑说我们给你剃头，剃一个光亮光亮的头，像100瓦的电灯泡，可以把朱家的堂屋和朱灵的房间照得锃亮锃亮。王家宽看见狗子和杨光哈哈大笑，他的头发一团一团地落下来。

老黑把王家宽的头剃了一半，示意狗子和杨光松手。王家宽伸手往头上一摸，摸到半边头发，就说老黑，求你帮我剃完。老黑摇头。王家宽说狗子，你帮我剃。狗子拿着剃刀在王家宽的头上刮，刮出一声惊叫。王家宽说痛死我了。狗子把剃刀递给杨光，说你帮他剃。王家宽见杨光嬉皮笑脸地走过来，接过剃刀准备给他剃头。王家宽害怕他像狗子那样剃，便从椅子上闪开，夺过杨光手里的剃刀，冲出老黑家大门，回家找出一面镜子。王家宽照着镜子，自已给自己剃完半个脑袋上的头发。

做完这一切，太阳已经下山了。王家宽顶着锃亮的脑袋，再次爬上朱家的屋顶盖瓦。狗子和杨光从朱家门前经过，对着屋顶上的王家宽大声喊：电灯泡……天都快黑啦，还不收工。王家宽没有听到下面的叫喊，但是朱大爷听得一清二楚。朱大爷从屋顶丢下一块断瓦，断瓦擦着狗子的头发飞过，狗子仓皇而逃。

朱大爷在后半夜被雨淋醒，雨水从没有盖好的屋顶漏下来，像黑夜中的潜行者，钻入朱家那些阴暗的角落。朱大爷担心的事情终于发生了，他抬头望天，天上黑得像锅底。雨水如天上扑下来的蝗虫，在他抬头的一瞬间爬满他的脸。他听到屋顶传来一个声音：塑料布。声音在雨水中含混不清，仿佛来自天国。

朱大爷指使全家搜集能够遮雨挡风的塑料布，递给屋顶上那个说话的人，所有的手电光聚集在那个人身上。闻风而动的人们，送来各色塑料布，塑料布像衣服上的补丁，被那个人打在屋顶上。

雨水被那个人堵住，那个被雨水淋透的人是聋人王家宽。他顺着楼梯退下来，被朱大爷拉到火堆边。很快他的全身冒出热汽，热汽如烟，仿佛从他的毛孔里钻出来。

王家宽在送塑料布的人群中，发现了张复宝。老黑在王家宽头上很随便地摸一把，然后用手比画说张复宝跟朱灵好。王家宽摇摇头，说我不信。

人群从朱家一一退出，只有王家宽还坐在火堆边，他想借那堆大火烤干他的衣裤。他看见朱灵的右眼发红，仿佛刚刚哭过。她的眼皮不停地眨，像是给人某种暗示。

朱灵眨了一会儿眼皮，起身走出家门。王家宽紧跟其后。他听不到朱灵在说什么，他以为朱灵在暗示他。朱灵说妈，我刚才递塑料布时，眼睛里落进了灰尘，我去找圆圆看看。我的床铺被雨水淋湿了，我今夜就跟圆圆睡。

王家宽看见有一个人站在屋角等朱灵，随着手电光的一闪，他看清那个人是张复宝。他们在雨水中走了一程，然后躲到牛棚里。张复宝一只手拿电筒，一只手翻开朱灵的右眼皮，并鼓着腮帮子往朱灵的眼皮上吹。王家宽看见张复宝的嘴唇几乎贴到了朱灵的眼睛上，只一瞬间那嘴唇真的贴到眼睛上。手电像一个老人突然断气，王家宽眼前一团黑。王家宽想朱灵眨眼皮叫我出来，她是存心让我看她的好戏。

雨过天晴，王家宽的光头像一只倒扣的瓢瓜，在暴烈的太阳下晃动。他开始憎恨自己，特别憎恨自己的耳朵。别人的耳朵是耳朵，我的耳朵不是耳朵。王家宽这么想着的时候，一把锋利的剃头刀已被他的左手高高举起，手起刀落，他割下了他的右耳。他想我的耳朵是一种摆设，现在我把它割下来喂狗。

到了秋天，那些巴掌大的树叶从树上飘落，它们像人的手掌拍向大地，乡村到处都是噼噼啪啪的拍打声。无数的手掌贴在地面，它们再也回不到原来的地方，要等到第二年春天，树枝上才长出新的手掌。王家宽想树叶落了明年还会长，我的耳朵割了却不会再长出来。

王家宽开始迷恋那些树叶，一大早他就蹲到村头的那棵枫树下。淡红色的落叶散布在他的周围，他的手像鸡的爪子，在树叶间扒来扒去，目光跟着双手游动。他在找什么呢？张复宝想。

从村外过来一个人，近了张复宝才看清楚是邻村的王桂林。王桂林走到枫树下，问王家宽在找什么？王家宽说耳朵。王桂林笑了一声，说你怎么在这里找你的耳朵，你的耳朵早被狗吃了，找不到了。

王桂林朝村里走来，张复宝躲进路边的树丛，避过他的目光。张复宝想干脆在这树林里方便方便，等方便完了王家宽也许会走开了。张复宝提着裤带从树林里走出来，王家宽仍然勾着头在寻找着什么，丝毫没有离去的意思。张复宝轻轻地骂道：一只可恶的母鸡。

张复宝回望村庄，他看到朱灵远去的背影。他想事情办糟了，一定是在我方便的时候，朱灵来过枫树边，她看见枫树下的那个人是王家宽而不是我，就转身回去了。如果朱灵再耽误半个小时，便赶不上去县城的班车了。

大约过去五分钟，张复宝看见他的学生刘国芳从大路上狂奔而来。刘国芳在枫树下站了片刻，捡起三片枫叶后，又跑回村庄。刘国芳咚咚的跑步声，敲打在张复宝的心尖上，他紧张得有些支持不住了。

朱灵听刘国芳说树下只有王家宽时，她当即改变了主意。她跟张复宝约好早晨九点在枫树下见面，然后一同上县城的医院。但她刚刚出村，就看见王桂林从路上走过来。她想王桂林一定在树下看见了张复宝，我和张复宝的事已经被人传得够热闹了，我还是避他一避，否则他看见张复宝又看见我出村会怎么想。朱灵这么想着，又走回家中。

为了郑重其事，朱灵把路经家门口的刘国芳拉过来。她叫刘国芳跑出村去为她捡三张枫叶。刘国芳捡回三片淡红的枫叶，说我看见聋子王家宽在树下找什么。朱灵说你还看见别人了吗？刘国芳摇摇头，说没有。

去不了县城，朱灵变得狂躁不安。细心的母亲杨凤池突然记起好久没有看见朱灵洗月经带了。杨凤池把手伸向女儿朱灵的腹部。她的手被一个声音刺得跳起来。朱灵怀孕的秘密，被她母亲的手最先摸到。

每一天人们都看见王家宽出村去寻找他的耳朵，但是每一天人们都看见他空手而归。如此半月，人们看见王家宽领着一个漂亮的姑娘走向村庄。

姑娘的右肩吊着一个黑色的皮包，皮包里装满大大小小的毛笔。快要进村时，王家宽把皮包从姑娘的肩上夺过来，挎在自己的肩上。姑娘会心一笑，双手不停地比画。王家宽猜想她是说感谢他。

村头站满参差不齐的人，他们像土里突然冒出的竹笋，一根一根又一根。有那么多人看着，王家宽多少有了一点儿得意。然而王家宽最得意的，是姑娘的表达方式。她怎么知道我是一个聋子？我给她背皮包时，她一边说话一边用手比画，不停地感谢。她刚刚碰到我就知道我是聋子，她是怎么知道的？

王老炳从外面的喧闹声中，判断有一个哑巴姑娘正跟着王家宽朝自家走来。他听到大门被推开的响声，在大门破烂的响声里还有王家宽的声音。王家宽说爹，我带来一个卖毛笔的姑娘，她长得很漂亮，比朱灵漂亮。王老炳双手摸索着想站起来，但他被王家宽按回到板凳上。王老炳说姑娘你从哪里来？王老炳没有听到回答。

姑娘从包里取出一张纸，抖开。王家宽看见那张纸的边角已经磨破，上面布满大小不一的黑字。王家宽说爹，你看，她打开了一张纸，上面写满了字，你快看看写的是什么？王家宽一抬头，看见他爹没有动静，才想起他爹的眼睛已经瞎了。王家宽说可惜你看不见，那些字像春天的树长满了树叶，很好看。

王家宽朝门外招手，竹笋一样立着的围观者，全都东倒西歪挤进大门。王老炳听到杂乱无章的声音，声音有高有低，有大人的也有小孩的。王老炳听他们念道：

> 我叫蔡玉珍，专门推销毛笔，大支的五元，小支的二元五角，中号三元五角。现在城市里的人都不用毛笔写字，他们用电脑、钢笔写，所以我到农村来推销毛笔。我是哑巴，伯伯叔叔们行行好，买一两支给你的儿子练字，也算是帮我的忙。

有人问这字是你写的吗？姑娘摇头。姑娘把毛笔递给那些围着她的人。围观者面对毛笔仿佛面对凶器，他们慢慢地后退。姑娘一步一步地紧逼。王老炳听到人群稀里哗啦地散开。王老炳想他们像被拍打的苍蝇，轰的一声散了。

蔡玉珍以王家为据点，开始在附近的村庄推销她的毛笔，所到之处，人们望风而逃。只有色胆包天的男人和一些半大不小的孩童，对她和她的毛笔感兴趣。男人们一手捍毛笔，一手去摸蔡玉珍红扑扑的脸蛋，他们根本不把站在蔡玉珍旁边的王家宽放在眼里。他们一边摸一边说他算什么，他是一个聋子是跟随蔡玉珍的一条狗。他们摸了蔡玉珍的脸蛋之后，就像吃饱喝足一样，从蔡玉珍的身边走开。他们不买毛笔。王家宽想如果我不跟着这个姑娘，他们不仅摸她的脸蛋，还会摸她的胸口，强行跟她睡觉。

王家宽陪着蔡玉珍走了七天，他们一共卖去十支毛笔。那些油腻的零碎的票子现在就揣在蔡玉珍的怀里。

秋天的太阳微微斜了。王家宽让蔡玉珍走在他的前面。他闻到女人身上散发出的汗香。阳光追着他们的屁股，他的影子叠到了她的影子上。他看见她的裤子上沾了几粒黄泥，黄泥随着身体摆动。那些摆动的地方迷乱了王家宽的眼睛，他发誓一定要在那上面捏一把，别人捏得为什么我不能捏？这样漫无边际地想着的时刻，王家宽突然听到几声紧锣密鼓的声响。他朝四周张望，原野上不见人影。他听到声音愈响愈急，快要撞破他的胸口。他终于明白那声响来自他的胸部，是他心跳的声音。

王家宽勇敢地伸出右手，姑娘跳起来，身体朝前冲去。王家宽说你像一条鱼滑掉了。姑娘的脚步就迈得更密更快。他们在路上小心地跑着，嘴里发出零零星星的笑声。

路边两只做爱的狗打断了他们的笑容。他们放慢脚步生怕惊动那一对牲畜。蔡玉珍突然感到累，她的腿怎么也迈不动了。她坐在地上津津有味地看着狗。牲畜像他们的导师，从容不迫地教导他们。太阳的余光洒落在两只黄狗的皮毛上，草坡无边无际地安静。狗们睁着警觉的双眼，八只脚配合慢慢移动，树叶在狗的脚下发出轻微的沙沙声。蔡玉珍听到狗们呜呜地唱，她被这种特别的唱词感动。她在呜咽声中被王家宽抱进了树林。

枯枝败叶被蔡玉珍的身体压断，树叶腐烂的气味从她身下飘起来，王家宽觉得那气息如酒，可以醉人。王家宽看见蔡玉珍张开嘴，像是不断地说什么。蔡玉珍说你杀死我吧。蔡玉珍被她自己说出来的话吓了一跳。她想我会说话了，我怎么会说话了呢？也许话根本就没有说出来，只是自己的想象。

那两只黄狗已经完事，此刻正蹒跚着步子朝王家宽和蔡玉珍走来。蔡玉珍看见两只狗用舌头舔着它们的嘴皮，目光冷漠。它们站在不远的地方，朝着他们张望。王家宽似乎是被狗的目光所鼓励，变得越来越英雄。王家宽看见蔡玉珍的眼不是眼，鼻子不是鼻子，它们全都扭曲了，有两串哭声从扭曲的眼眶里冒出来。

这个夜晚，王家宽没有回到他爹王老炳的床上。王老炳知道他和那个哑巴姑娘睡在一起了。

朱灵上厕所，她母亲杨凤池也会紧紧跟着。杨凤池的声音无孔不入，她问朱灵怀上了谁的孩子？这个声音像在朱灵头顶盘旋的蜜蜂，挥之不去避之不及，它仿佛一条细细的竹鞭，不断抽在朱灵的手上、背上和小腿上。朱灵感到全身紧绷绷的没有一处轻松自在。

朱灵害怕讲话，她想如果像蔡玉珍一样是个哑巴，母亲就不会反复地追问了。哑巴可以顺其自然，没有说话的负担。

杨凤池把一件小孩衣物举起来，问朱灵好不好看。朱灵不答。杨凤池说好端端一个孙子，你怎么忍心打掉？我用手一摸就摸到了他的鼻子、嘴巴和他的小腿，还摸到了他的鸟仔。你只要说出那个男人，我们就逼他成亲。杨凤池采取和朱灵截然相反的策略。

就连小孩都能看出朱灵怀孕。朱灵轻易不敢出门。放午学时有几个学生路经朱家，他们扒着朱家门板的缝隙处，窥视门里的朱灵。他们看见朱灵像一只被关在笼子里的笨熊，狂躁不安地走来走去。从门缝里窥视人的生活，他们感到新奇，他们忘记回家吃午饭。直到王家宽和蔡玉珍从朱家门前走过，他们才回过头来。

学生们有一丝兴奋，他们想做点儿什么事情。当他们看见王家宽时，他们一齐朝王家宽围过来，他们喊道：

王家宽大流氓，搞了女人不认账……

蔡玉珍看见那些学生一边喊一边跳，污浊的声音像石头、破鞋砸在王家宽的身上。王家宽对学生们露出笑容，和着学生们的节拍跳起来。因为他听不见，所以那些侮辱的话对他没有造成丝毫的伤害。学生们愈喊愈起劲儿，王家宽越跳越精神，他的脸上已渗出了粒粒汗珠。蔡玉珍忍无可忍，朝那些学生挥舞拳头。学生被她赶远了，王家宽跟着她往家里走。他们刚走几步，学生们又聚集起来，学生们喊道：蔡玉珍是哑巴，跟个聋子成一家，生个孩子聋又哑。

蔡玉珍回身去追那个领头的学生，追了几步她就被一块石头绊倒在地上。她的鼻子被石头碰伤，流出几滴浓稠的血。她趴在地上对着那些学生咿里哇啦地喊，但是没有发出声音。

王家宽伸手去拉她，笑她多管闲事。蔡玉珍想还是王家宽好，他听不见，什么也没伤着，我听见了不仅伤心还伤了鼻子。

在那几个学生的带领下，更多的学生加入了窥视朱灵的行列。学校离朱家只有三百多米，老师下课的哨声一响，学生们便朝朱家飞奔而来。张复宝站在路上拦截那些奔跑的学生，结果自己反被学生撞倒在路上。一气之下，张复宝把带头的四个学生开除了。张复宝对他们说，你们不准再踏进学校半步。

到了冬天，朱灵自己把自己从门里解放出来。她穿着鲜艳的冬装，比原先显得更为臃肿。她走东家串西家，逢人便说我要结婚了。人们问她跟谁结？她说跟王家宽。有人说王家宽不是跟蔡玉珍结了吗？朱灵说那是同居，不叫结婚。他们没有爱情基础，那不叫结婚。

许多人暗地里说朱灵不知道羞耻，幸好王家宽是聋子，任由她作践，换了别人她的戏就没法往下演了。

村庄的桃花在一夜之间开放。桃花红得像血，看到那种颜色，就似乎闻到血的气味。王老炳坐在家门口，说我闻到桃花的味道了，今年的桃花怎么开得这么早？还没有过年就开了。

那个长年在山区照相的赵开应走到王老炳面前，问他照不照相？王老炳说听你的口音，是赵师傅吧，你又来啦。你总是年前这几天来我们村，那么准时。你问我照不照相，现在我照相还有什么用。去年冬天我还看得见你，今年冬天我就看不见你了。照也白照。你去找那些年轻人照吧，老黑、狗子、朱灵他们每年都要照几张。赵师傅，你坐。我只顾说话，忘记喊你坐啦。赵师傅你走啦？你怎么不坐一坐？

王老炳还在不停地说话时，赵开应已走出去老远。他的身后跟着一群孩子和换了新衣准备照相的人们。

桃花似乎专为朱灵而开放。她带着赵开应在桃林里转来转去，那些红色的花瓣像雪，撒落在她的头发上和棉衣上。她的脸因为兴奋变得红扑扑的，像是被桃花染红一般。赵开应说朱灵你站好，这相机能把你喘出来的热汽都照进去。朱灵说赵师傅，你尽管照，我要照三十几张，把你的胶卷照完。

朱灵特别的笑声和红扑扑的脸蛋，就留在这一年的桃树上，以至于后来人们看见桃树就想起朱灵。

朱灵是照完相之后走进王家宽家的。从她家遭大雨袭击的那个晚上到现在，她是第一次踏进王家的大门。朱灵显得有些疲惫，她一进门之后就躺到王家宽的床上。她睡王家宽的床，像睡她自己的床那么随便。她只躺下片刻，蔡玉珍就听到了她的鼾声。

蔡玉珍不堪朱灵鼾声的折磨，她把朱灵摇醒了。她朝朱灵挥手。朱灵看见她的手从床边挥向门外。朱灵想她的意思是让我从这里滚出去。朱灵说这是我的床，你从哪里来就往哪里去。蔡玉珍没有被朱灵的话吓倒，她很用力地坐在床沿。床板在她坐下来时摇晃不止，并且发出吱吱呀呀的响声。她想用这种声音，把朱灵赶跑。

朱灵想要打败蔡玉珍必须不停地说话，因为她听得见说不出。朱灵说我怀了王家宽的小孩，两年以前我就跟王家宽睡过了。你从哪里来我们不知道，你不能在这里长期住下去。

蔡玉珍从床边站起来，哭着跑开。朱灵看见蔡玉珍把王家宽推入房门。朱灵说你是个好人，家宽，你明知道我怀了谁的孩子，但是你没有出卖我。我今天是给你磕头来啦。

王家宽看见朱灵的头磕在床边上，以为她想住下来。朱灵想不到她美好的幻想会在这一刻灰飞烟灭。王家宽说你怀了张复宝的孩子，怎么来找我？你走吧，你不走我就向大家张扬啦。朱灵说求你，别说，千万别让我妈知道，我这就去死，让你们大家都轻松。

朱灵把她的双脚从被窝里伸到床下，她的脚在地上找了好久才找到她的鞋子。王家宽的话像一剂灵丹妙药，在朱灵的身上发生作用。朱灵试探着站起来，试了几次都未能把臃肿的身体挺直。王家宽顺手扶了她一把。朱灵说我是聋子，我什么也没听到，我谁也不害怕。

朱灵在王家宽面前轻描淡写说的那句话，被蔡玉珍认真地记住了。朱灵说我这就去死，让你们大家都轻松。

蔡玉珍看见朱灵提着一根绳索走进村后的桃林，暮色正从四面收拢，余霞的尾巴还留在山尖。蔡玉珍发觉朱灵手里的绳索泛着红光，绳索好像是下山的太阳染红的也好像是桃花染红的。蔡玉珍想她白天还在这里照相，晚上却想在这里寻死。

朱灵突然回头，发现了跟踪她的蔡玉珍。朱灵从地上捡起一块石头，朝蔡玉珍砸过来。朱灵说你像一只狗，紧跟着我干什么？你想吃大便吗？蔡玉珍在辱骂声中退缩，她犹豫片刻之后，快步跑向朱家。

朱大爷正在扫地，灰尘从地上扬起来，把朱大爷罩在尘土里。蔡玉珍双手往颈脖处绕一圈，再把双手指向屋梁。朱大爷不理解她的意思，觉得她影响了他的工作，流露出明显的不耐烦。蔡玉珍的胸口像被爪子狠狠地抓了几把，她拉过墙壁上的绳索，套住自己的脖子，脚跟离地，身体在一瞬间拉长。朱大爷说你想吊颈吗？要吊颈回你家去吊。朱大爷的扫把拍打在蔡玉珍的屁股上，蔡玉珍被扫出朱家大门。

过了一袋烟的时间，杨凤池开始挨家挨户呼唤朱灵。蔡玉珍在杨凤池焦急的喊声里焦急，她的手朝村后的桃林指，还不断地画着圆圈。朱大爷把这些杂乱的动作和刚才的动作联系起来，感到情况不妙。

星星点点的火把游向后山，人们呼喊朱灵的名字。

第五天清晨，张复宝一如既往来到了学校旁的水井边打水。他的水桶碰到了一件浮动的物体，井口隐约传来腐烂的气味。他回家拿来手电，往井底照射，看到了朱灵的尸体。张复宝当即呕吐不止。村里的人不辞劳苦，他们宁愿多走几脚路，去挑小河里的水来吃。而这口学校旁的水井，只有张复宝一家人享用。朱灵死了五天，他家就喝了五天的脏水。

那天早上学校没有开课，在以后的几天里，张复宝仍然被尸体缠绕着，学生们看见他一边上课一边呕吐。而姚育萍差不多把胆汁都吐出来了，她已经虚弱得没法走上讲台。

到了春天，赵开应才把他年前照的那些相片送到村子里来。他拿着朱灵的照片，去找杨凤池收钱。杨凤池说朱灵死了，你去找她要钱吧。赵开应碰了钉子，正准备把朱灵的照片丢进火炕。王家宽抢过照片，说给我，我出钱，我把这些照片全买下来。

一种特别的声音在屋顶上滚来滚去，它像风的呼叫，又像是一群老鼠在瓦片上奔跑。声音总是在夜深人静的时候准时地降落，蔡玉珍被这种声音包围了好些日子。她很想架一把梯子，爬到屋顶上去看个究竟，但是在睁着眼和闭着眼都一样黑的夜晚，她害怕那些折磨她的声音。

白天她爬到屋后的一棵桃树上，认真地观察她家的屋顶，她只看到灰色的歪歪斜斜的瓦片，瓦片上除了阳光什么也没有。看过之后，她想那声音今夜不会有了。但是那声音还是如期而来，总是在她即将入睡的时刻把她唤醒。她不甘心，睁着眼睛等到天明，再次爬到桃树上。一次又一次，她几乎数遍了屋顶上的瓦片，还是没找到声源。她想是不是我的耳朵出了什么毛病？

王老炳同时被这种声音纠缠。开始他对干扰他睡眠的声音做出了适应的反应。他坐在床沿整夜整夜地抽烟，不断地往尿桶里屙尿。但是，慢慢地他就不适应了。他觉得那声音像一把锯子，往他脑子里锯进去。他想如果再不能入睡，我就要发疯啦。他一边想着一边假装平心静气地躺到床上。只躺了一小会儿，他又爬起来，伸手摸到床头的油灯，油灯砸到地上。油灯碎裂的声音，把那个奇怪的声音赶跑了，但是它游了一圈后马上又回到王老炳的耳边。

王老炳开始制造声音来驱赶声音。他把烟斗当作鼓槌，不停地磕他的床板。他像一只勤劳的啄木鸟，使同样无法入睡的蔡玉珍雪上加霜。

啄木鸟的声音停了。王老炳改变策略，开始不停地说话，无话找话。蔡玉珍听到他在胡话里睡去，鼾声接替话声。听到鼾声，蔡玉珍像饥饿的人，突然闻到了饭香。

屋顶的声音没有消失。蔡玉珍拿着手电往上照，她看见那些支撑瓦片的柱头、木板，没有看见声音。她听到声音从屋顶转移到地下，仿佛躲在那些箱柜里。她把箱柜的门一一打开，里面什么也没有。她翻箱倒柜的声音，惊醒了刚刚入睡的王老炳。王老炳说你找死吗？我好不容易睡着又被你搞醒了。屋子里忽然变得出奇地静。蔡玉珍缩手缩脚，再也不敢弄出声响来。

蔡玉珍听到王老炳叫她。王老炳说你过来扶我出去，我们去找找那个声音，看它藏在哪里。蔡玉珍用手推王家宽，王家宽翻了个身又继续睡。蔡玉珍走到王老炳床前，拉起王老炳走出大门。黑夜里风很大。

他们在门前仔细听，那个奇怪的声音像是来自屋后。他们朝屋后走去，走进后山那片桃林。蔡玉珍看见杨凤池跪在一株桃树下，用一根木棍敲打一只倒扣的瓷盆，瓷盆发出空阔的声音。手电光照到杨凤池的身上，她毫无知觉，双目紧闭口中念念有词。蔡玉珍和王老炳听到她在诅咒王家宽。她说是王家宽害死了朱灵。王家宽不得好死，王家宽全家死绝……

蔡玉珍朝瓷盆狠狠地踢去，瓷盆飞出去好远。杨凤池睁眼看见光亮，吓得爬着滚着出了桃林。王老炳说她疯啦，现在死无对证，她把屎呀尿呀全往家宽身上泼。我们穷不死饿不死，但我们快被脏水淹死了。我们还是搬家吧，离他们远远的。

王家宽扶着王老炳过了小河，爬上对岸。蔡玉珍扛着锄头、铲子跟在他们的身后。村庄的对面，也就是小河的那一边是坟场，除了清明节，很少有人走到河的那边去。王老炳过河之后，几乎是凭着多年的记忆，走到了他祖父王文章的墓前。他走这段路走得平稳、准确无误，根本不像个盲人。王家宽不知道王老炳带他来这里干什么。

王家宽说爹，你要做什么？王老炳说把你曾祖的坟挖了，我们在这里起新房。蔡玉珍向王家宽比了一个挖土的动作。王家宽想爹是想给曾祖修坟。

王家宽在王文章的坟墓旁挖沟除草，蔡玉珍的锄头却指向坟墓。王家宽抬头看见他曾祖的坟在蔡玉珍的锄头下土崩瓦解，转眼就塌了半边，吓得脸都惨白。他神色庄重地夺过蔡玉珍手里的锄头，然后用铲子把泥巴一铲一铲地填到缺口里。

王老炳没有听到挖土的声音，他说蔡玉珍，你怎么不挖了？这是个好地盘，我们的新家就建在这里。我祖父死的时候，我已经懂事了。我看见我祖父是装着两件瓷器入土的，那是值钱的古董，你把它挖出来。你挖呀。是不是家宽不让你挖？你叫他看我。王老炳说着，比了一个挖土的动作。他的动作坚决果断，甚至是命令。

王家宽说爹，你是叫我挖坟吗？王老炳点点头。王家宽说为什么？王老炳说挖。蔡玉珍捡起横在地面的锄头，递给王家宽。王家宽不接，他蹲在河边看河对面的村庄，以及他家的瓦檐。他看见炊烟从各家各户的屋顶升起，早晨的天空被清澈的烟染成蓝色。有人赶着牛群出村。谁家的鸡飞上刘顺昌家的屋顶，昂首阔步，来来回回。

王家宽回头，看见坟墓又缺了一只角，新土覆盖旧土，蔡玉珍像一只蚂蚁正艰难地啃食着一块大饼。王老炳摸到了地上的锄头，他慢慢地把锄头举起来，慢慢地放下去，锄头砸在石块上，偏离目标，差一点儿锄到王老炳的脚。王家宽想看来他们是下定决心要挖这座坟了。王家宽从他爹手上接过锄头，紧闭双眼把锄头锄向坟墓。他在干一件他不愿意干的事情。他渴望闭上双眼。他想爹的眼睛如果不瞎，他就不会向他烧香磕头的地方动锄头。

挖坟的工作持续了半天，他们总算整出了一块平地。他们没有看见棺材和尸骨。王家宽说这坟里什么也没有。王老炳听到王家宽这么说，十分惊诧。他摸到刚整好的平地上，抓起一把泥土，放到鼻尖前嗅了又嗅。他想我是亲眼看着祖父下葬的，棺材里装着两件精美的瓷器，现在怎么连一根尸骨都没有呢？

时间到了夏末，王家宽和蔡玉珍在对岸垒起两间不大不小的泥房。他们把原来的房屋一点一点地拆掉，屋顶上的瓦也全都挑到了河那边。他们原先的家，完全暴露在光天化日之下。

搬家的那天，王家宽甩掉许多旧东西。他砸烂那些油腻的坛子，劈开几个沉重的木箱。他对过去留下来的东西带着一种天然的仇恨。他像一个即将远行的人轻装上路，只带上他必须携带的物品。

整理他爹的床铺时，他在床下发现了两只精美的瓷瓶。他扬手准备把它扔掉，被蔡玉珍及时拦住。蔡玉珍用毛巾把瓷瓶擦亮，递给王老炳。王老炳用手一摸，脸色唰地变了。他说就是它，我找的就是它。我明明看见它埋到了祖父的棺材里，现在又从哪里跑出来了？帮忙搬家的人说是王家宽从你床铺下面翻出来的。王老炳说不可能。

王老炳端坐在阳光里，抱着瓷瓶不放。搬家的人像搬粮的蚂蚁，走了一趟又一趟。他们看见王老炳面对从他身边走过的脚步声笑，面对空荡荡的房子笑，笑得合不拢嘴。

王老炳一家完全彻底地离开老屋是在这一天傍晚。搬家的人们都散了，王家宽从老屋的火坑里点燃火把，眼泪随即掉下来。他和火把在前，王老炳和蔡玉珍断后。王老炳怀抱两只瓷瓶，蔡玉珍小心地搀扶着他。

过了小木桥，王老炳叫蔡玉珍拉住前面的王家宽，要大家都在河边把脚洗干净。他说你们都来洗一洗，把脏东西洗掉，把坏运气洗掉，把过去的那些全部洗掉。三个人六只脚板在火光照耀下，全都泡进水里。蔡玉珍看见王家宽用手搓他的脚板，搓得一丝不苟，像有老趼和鳞甲从他脚上一层层脱下来。

村庄里的人全都站在自家门口，目送王家宽一家人上岸。他们觉得王家宽手上的火把像一簇鬼火，无声地孤单地游向对岸。那簇火只要把新屋里的火引燃，整个搬迁的仪式也就结束了。一同生活了几十年的邻居们，就这样看着一个邻居从村庄消失。

一个秋天的中午，刘顺昌从山上采回满满一背篓草药。他把草药倒到河边，然后慢慢地清洗它们。河水像赶路的人，从他手指间快速流过，他看到浅黄的树叶和几丝衰草，在水上漂浮。他的目光越过河面，落到对岸王老炳家的泥墙上。

他看见王老炳一家人正在盖瓦。王老炳家搬过去的时候，房子只盖了三分之二。那时刘顺昌劝他等房子全盖好了再搬走不迟。但王老炳像逃债似的，急急忙忙地赶过那边去住，现在他们利用他们的空余时间补盖房子。

蔡玉珍站在屋檐下捡瓦，王老炳站在梯子上接，王家宽在房子上盖。瓦片从一个人的手传到另一个人的手里，最后堆在房子上。他们配合默契，远远地看过去看不出他们的残疾，看不出他们的破绽。王家宽不时从他爹递上去的瓦片中选出一些断瓦扔下来，有的被他扔到河里。刘顺昌只看到小河里水花飞扬，却听不到断瓦残片砸入河中的声音。这是个没有声音的中午，太阳在小河里静静地走动。王老炳一家人不断地弯腰举手，没有发出丝毫的声响。刘顺昌看着他们，像看无声的电影，也仿佛是自己的耳朵突然失灵。没了声音，他们就像阴间里的人，或画在纸上的人。他们在光线里动作，轻飘、单薄、虚幻。

刘顺昌看见房上的一块瓦片飞落，碰到蔡玉珍的头上，破成四五块碎片。蔡玉珍双手捧头，弯腰蹲在地上。刘顺昌想蔡玉珍的头一定被砸破了。刘顺昌朝那边喊话：老炳，蔡玉珍的头伤得重不重？需不需要我过去看一看，给她敷点儿草药？那边没有回音，他们好像没有听到刘顺昌喊话。

王家宽从房子上走下来，把蔡玉珍背到河边，用河水为她洗脸上的血。刘顺昌喊蔡玉珍，你怎么啦？王家宽和蔡玉珍仍然没有反应。刘顺昌捡起脚边的一颗石子，往河边砸过去。王家宽朝飞起的水花匆匆一瞥，便走进草丛为蔡玉珍采药。他把他采到的药放进嘴里嚼烂，再用右手抠出来，敷到蔡玉珍的伤口上。

蔡玉珍再次趴在王家宽的背上。王家宽背着她往回走。尽管小路有一点儿坡度，王家宽还能在路上一边跳一边走，像从某处背回新娘一样快乐惬意。蔡玉珍被王家宽从背上颠到地面，她在王家宽的背膀上擂上几拳，想设法绕过王家宽往前跑。但是王家宽张开他的双手，把路拦住。蔡玉珍只得用双手搭在王家宽的双肩上，跟着他走跟着他跳。

跳了几步，王家宽突然返身抱住蔡玉珍。蔡玉珍像一张纸片，轻轻地离开地面，落入王家宽的怀中。王家宽把蔡玉珍抱进家门。王老炳摸索着也进入家门。刘顺昌看见王家的大门无声地合拢。刘顺昌想他们一天的生活结束了，他们看上去很幸福。

秋风像夜行人的脚步，在河的两岸、在屋外沙沙地走着。王老炳和王家宽都已踏踏实实地睡去。蔡玉珍听到屋外响了一声，像是风把挂在墙壁上的什么东西吹落了。蔡玉珍本来不想理睬屋外的声音，她想瓦已盖好了，家已经像个家了，应该安安稳稳地睡个好觉。但她怕她晾在竹竿上的衣服被风吹落，于是从床上爬起来。

她拉开大门，一股风灌进她的脖子。她把手电摁亮，看见手电光像一根无限伸长的棍子，一头在她的手上，另一头搁在黑夜里。她拿着这根白晃晃的棍子走出家门，转到屋角看晾在竹竿上的衣服。衣服还晾在原先的位置，风甩动那些垂直的衣袖，像一个人的手臂被另一个人强行地扭来扭去。蔡玉珍想收那些衣服，她把手电筒叼在嘴里，双手伸向竹竿。她的手还没有够着竹竿，便被一双粗壮的手臂搂住了。那双手搂着她飞越一条沟，跨过两道坎，最后一起倒在河边的草堆里。蔡玉珍嘴里的手电筒在奔跑中跌落，玻璃电珠破碎，照明工具瞎了，河两岸乱糟糟地黑。

那人撕开她的衣服，像一只吃奶的狗仔用嘴在她胸口乱拱。蔡玉珍想喊，但她喊不出来。她的奶子被啃得火辣辣地痛。她记住了这个人有胡须。那人想脱她的裤子。蔡玉珍双手攥紧裤头，在草堆里打滚。那人似乎是急了，腾出一只手来摸他的口袋，摸出一把冰凉的刀。他把刀贴在蔡玉珍的脸上。蔡玉珍安静下来。蔡玉珍听到裤子破裂的声音，她知道她的裤裆被小刀割破了。

蔡玉珍像一匹马，被那人强行骑了上去。挣扎中，她的裤裆完全彻底地撕开。她想现在攥着裤头已经没有用处。她张开双手，十根手指朝那人的脸上抓去。她想明天，我就去找脸皮被抓破的人。

强迫和挣扎持续了好久，蔡玉珍的嘴里突然吐出几个字：我要杀死你。她把这几个字劈头盖脸吐向那人。那人从蔡玉珍的身上弹起来，转身便跑。蔡玉珍听到那人说我撞上鬼啦，哑巴怎么也能说话？声音含糊不清，蔡玉珍分辨不出那声音是谁的。

当她回到床前，点燃油灯时，王家宽看到了她受伤的胸口和裂开的裤裆。王家宽摇醒他爹，说爹，蔡玉珍刚才被人搞了，她的裤裆被刀子划破，衣服也被撕烂了。王老炳说你问问她，是谁干的好事？王老炳想说也是白说，王家宽他听不到。王老炳叹了一口气，对着隔壁喊玉珍，你过来，我问问你。你不用怕，爹什么也看不见。

蔡玉珍走到王老炳床前。王老炳说你看清是谁了吗？蔡玉珍摇头。王家宽说爹，她摇头，她摇头做什么？王老炳说你没看清楚他是谁，那么你在他身上留下什么伤口了吗？蔡玉珍点头。王家宽说爹，她点头了。王老炳说伤口留在什么地方？蔡玉珍用双手抓脸，又用手摸下巴。王家宽说爹，她用手抓脸还用手摸下巴。王老炳说你用手抓了他的脸还有下巴？蔡玉珍点头又摇头。王家宽说现在她点了一下头又摇了一下头。王老炳说你抓了他脸？蔡玉珍点头。王家宽说她点头。王老炳说你抓了他下巴？蔡玉珍摇头。王家宽说她摇头。蔡玉珍想说那人有胡须，她嘴巴张了一下，但什么也没有说出来。她急得想哭。她看到王老炳的嘴巴上下，长满了浓密粗壮的胡须，她伸手在上面摸了一把。王家宽说她摸你的胡须。王老炳说玉珍，你是想说那人长有胡须吗？蔡玉珍点头。王家宽说她点头。王老炳说家宽他听不到我说话，即使我懂得那人的脸被抓破，嘴上长满胡须，这仇也没法报啊。如果我的眼睛不瞎，那人哪怕跑到天边，我也会把他抓出来。孩子，你委屈啦。

蔡玉珍哇的一声哭了，她的哭声十分响亮。她看见王老炳瞎了的眼窝里冒出两行泪。泪水滚过他皱纹纵横的脸，挂在胡须上。

无论是白天或者黑夜，王家宽始终留意过往的行人。他手里捏着一根木棒，对着那些窥视他家的人晃动。他怀疑所有的男人，甚至怀疑那个天天到河边洗草药的刘顺昌。谁要是在河那边朝他家多看几眼，他也会不高兴也会怀疑。

王老炳叫蔡玉珍把小河上的木板桥拆掉，王家宽不允。他朝准备拆桥的蔡玉珍晃动他手里的木棒，坚信那只饿嘴的猫一定还会过桥来。王家宽对蔡玉珍说我等着。

王家宽耐心地等了将近半个月，终于等到了报仇的时机。他看见一个人跑过独木桥，朝他家摸来。王家宽还暂时看不清那个人的面孔，但月亮已把来人身上白色的衬衣照得闪闪发光。王家宽用木棒在窗口敲了三下，这是通知蔡玉珍的暗号。

那个穿白衬衣的人来到王家门前，四下望一眼后，便从门缝往里望。大约是什么也没看见，他慢慢地靠近王家宽卧室的窗口，踮起脚尖伸长脖子窥视窗里。王家宽从暗处冲出来，举起木棒横扫那人的小腿。那人像秋天的蚂蚱从窗口跳开，还没有站稳就跪到了地下。那人爬起来试图逃跑，但他刚跑到屋角，王家宽就喊了一声：爹，快打。屋角落下一根木棒，正好砸在那人的头上。那人抱头在地下滚了几滚，又重新站起来。他的手里已经抓住了一块石头。他举起石头正要砸向王家宽时，蔡玉珍从柴堆里冲出，举起一根木棒朝拿石头的手扫过去。那人的手痛得缩了回去，石头掉在地上。

那个人被他们三人合力打趴在地上，再也不能动弹了，他们才拿起手电筒照那个人的脸。王家宽说原来是你，谢西烛。你不打麻将啦？你跑到这里来干什么？谢西烛的嘴巴动了动，说了一句含糊不清的话。王老炳和蔡玉珍谁也没听清楚。

蔡玉珍看见谢西烛的下巴留着几根胡须，但那胡须很稀很软，他的脸上似乎也没有被抓破的印痕。蔡玉珍想是不是他的伤口已经全部愈合了？王家宽问蔡玉珍，是不是他？蔡玉珍摇头，意思是说我也搞不清楚。王家宽的眼睛突然睁大。蔡玉珍看见他的眼球快要蹦出来似的。蔡玉珍又点了点头。

蔡玉珍和王家宽把谢西烛抬过河，丢弃在河滩。他们面对谢西烛往后退，他们一边退一边拆木板桥，那些木头和板子被他们丢进水里。蔡玉珍听到木板咕咚咕咚地沉入水中，木板像溺水的人。

自从蔡玉珍被强奸的那个夜晚之后，王老炳觉得他和家宽、玉珍仿佛变成了一个人。特别是那晚上床前的对话给他留下怎么也抹不去的记忆。他想我发问，玉珍点头或摇头，家宽再把他看见的说出来，三个人就这么交流和沟通了。昨夜，我们又一同对付谢西烛，尽管家宽听不到我看不见玉珍说不出，我们还是把谢西烛打败了。我们就像一个健康的人。如果我们是一个人，那么我打王家宽就是打我自己，我摸蔡玉珍就是摸我自己……现在，桥已经被家宽他们拆除，我们再也不跟那边的人来往。

无聊的日子里，王老炳坐在自家门口无边无际地狂想。他有许多想法，但他无法去实现。他恐怕要这么想着坐着终其一生。他对蔡玉珍说如果再没有人来干扰我们，我能这么平平安安地坐在自家的门口，我就知足了。

村上没有人跟他们往来。王家宽和蔡玉珍也不愿到那河边去。蔡玉珍觉得他们虽然跟那边只隔着一条河，但是心却隔得很远。她想我们算是彻底地摆脱他们了。

只有王家宽不时有思凡之心。夏天到来时，他会挽起裤脚涉过河水，去摘桃子吃。一般他都是晚上出动，没有人看见他。他最爱吃的桃子，是朱灵照相时曾经靠过的那棵桃树结出来的桃子。他说那棵桃树结的特别甜。

大约一年之后，蔡玉珍生下了一个活蹦乱跳的男孩。孩童嘹亮的啼哭，使王老炳坐立不安。王老炳问蔡玉珍，是男的还是女的？蔡玉珍抬起王老炳布满老茧的右手，小心地放到孩童的鸟仔上。王老炳捏着那团稚嫩的软乎乎肉体，像捏着他爱不释手的烟杆嘴。他说我要为他取一个天底下最响亮的名字。

王老炳为孙子的名字整整想了三天。三天里他茶饭不思，像变了个人似的。最先他想把孙子叫作王振国或者王国庆，后来又想到王天下、王泽东什么的，他甚至连王八蛋都想到了。左想右想，前想后想，王老炳想还是叫王胜利好。家宽、玉珍和我终于有了一个声音响亮的后代，但愿他耳聪目明口齿伶俐，将来长大了，再也不会有什么难处，能战胜一切，能打败这个世界。

在早晨、中午或者黄昏，在天气好的日子里，人们会看见王老炳把孙子王胜利举过头顶，对着河那边喊王胜利。有时候小孩把尿撒在他的头顶他也不顾，他只管逗孙儿喊孙儿。王家开始有了零零星星的自给自足的笑声。

不过王家宽仍然不知道他爹已给他的儿子取了一个响亮的名字。他基本上是靠他的眼睛来跟儿子交流。对于他来说，笑声是一种永远也无法企及的奢侈品。当他看到儿子咧开嘴角，露出幸福的神情时，他就想那嘴巴里一定吐出了一些声音。如果听到那声音，就像口袋里兜着大把钱一样愉快和美妙。于是，王家宽自个儿给儿子取了个名字，叫王有钱。王老炳多次阻止王家宽这样叫，但王家宽不知道怎么个叫法，他听不到王胜利这三个字的发音，他仍然叫儿子王有钱。

王胜利渐渐长大，每天他要接受两种不同的呼喊。王老炳叫他王胜利，他干脆利索地答应了。王家宽叫他王有钱，他也得答应。有一天，王胜利问王老炳，你干吗叫我王胜利，而我爹却叫我王有钱？好像我是两个人。王老炳说你有两个名字，王胜利和王有钱都是你。王胜利说我不要两个名字，你叫爹他不要再叫我王有钱了，我不喜欢有钱这个名字。王胜利说完，朝他爹王家宽挥挥拳，说你不要叫我王有钱了，我不喜欢你这样叫我。王家宽神色茫然，不知发生了什么事。王家宽说有钱，你朝我挥拳头做什么？你是想打你爹吗？

王胜利扑到王家宽的身上，开始用嘴咬他爹的手臂。王胜利一边咬一边说，叫你不要叫我有钱了，你还要叫，我咬死你。

王老炳听到啪的一声耳光，他知道那是王家宽扇王胜利发出的。王老炳说胜利，你爹他是聋子。王胜利说什么叫聋子？王老炳说聋子就是听不到你说的话。王胜利说那我妈呢，她为什么总不叫我名字？王老炳说你妈她是哑巴。王胜利说什么是哑巴？王老炳说哑巴就是说不出话，想说也说不出。你妈很想跟你说话，但是她说不出。

这时，王胜利看见他妈用手在他爹的面前比画了几下。他爹点了点头，对爷爷说，爹，有钱他快到入学的年龄了。爷爷闭着嘴巴叹了一口气，说玉珍，你给胜利缝一个书包吧。到了夏天，就送他入学。王胜利看着他的爷爷、爹和妈，像一只受惊的小鸟，头一次被他们古怪的动作和声音吓怕了。他的身子开始发抖，随之呜呜地哭起来。

到了夏天，蔡玉珍高高兴兴地带着王胜利进了学堂。第一天放学归来，王老炳和蔡玉珍就听到王胜利吊着嗓子唱：蔡玉珍是哑巴，跟个聋子成一家，生个孩子聋又哑……蔡玉珍的胸口像被钢针猛地扎了几百下，她失望地背过脸去，像一匹伤心的老马大声地嘶鸣。她想不到她的儿子，最先学到的竟是这首破烂的歌谣，这种学校不如不上了。她一个劲儿地想我以为我们已经逃脱了他们，但是我们还没有。

王老炳举起手里的烟杆，朝王胜利扫过去。他一连扫了五下，才扫着王胜利。王胜利说爷爷，你干吗打我？王老炳说我们白养你了，你还不如瞎了、聋了、哑了的好，你不应该叫王胜利，你应该叫王八蛋。王胜利说你才是王八蛋。王老炳说你知道蔡玉珍是谁吗？王胜利说不知道。她是你妈，王老炳说，还有王家宽是你爹。王胜利说那这歌是在骂我，骂我们全家，爷爷，我怎么办？王老炳把烟杆一收，说你看着办吧。

从此，王胜利变得沉默寡言，他跟瞎子、聋子和哑巴没什么两样。

写毕于1995年3月15日

# 救　命

## 1

孙畅回到六楼的时候，发现灰不溜丢的走廊比平时明亮。他以为路灯提前开了，眯起眼睛才看清，多余的明亮原来是那两个人衣服上的反光。他们站在铁门前，一个是警察，一个西装革履。真是蓬荜增辉！他们远远地伸出双手迎上来，让孙畅不得不怀疑自己走错了楼梯。

警察问：“你就是孙老师吧？”

“你们是……”

警察掏出证件，说：“我是派出所的。”

“那你们一定找错人了，我从来不敢惹派出所的。”

“哪里哪里，我们是来给你烧香磕头的。”西装革履说。

孙畅打开门，用手抹了一下沙发，示意他们坐。他们的腿都绷着，连弯一下的念头都没有，不像是上门找坐的。他们的脖子扭来扭去，目光从彩电挪到冰箱，再从冰箱移到卧室，好像在找什么值钱的物件。孙畅拿起茶壶，警察一把夺下，说："没时间喝茶了，老郑你赶快说吧。"老郑就是那个西装革履的，他把头从卧室的方向"嘎嘎"地扭过来，说他叫郑石油，自己的女朋友也是未婚妻，此刻就站在对面的楼顶上，随时都有可能飞下去。

"这和我有关系吗？"孙畅问。

警察说："相当于她得了癌症，你来做个偏方，也许有效。"

"这年头真药都治不了病，你还信偏方？"

郑石油说："她的面前就是你卧室的窗口，空中距离不超过十米。如果你能跟她搭上话，就能转移她的注意力。"

"你自己往窗口一站，注意力不就全部过来了吗？"孙畅说。

"不行。她说只要有人靠近，立即就往下栽。从中午到下午，四个多小时了，她的注意力一直很旺盛。"郑石油说。

"难道我就不是人？"

"这是你家的窗口，你爱怎么靠近就怎么靠近，谁也别想拿死来威胁你。"

"可是，我不认识她……从哪里说起呢？"

"就当你初恋，没话找话。万一卡壳，你就低头看我。拜托。"

郑石油庄严地鞠了一躬。孙畅顿时感到身体轻了，就像太空舱里的宇航员那样飘起来，也像水面的葫芦，怎么也按不下去。人家是往下跳，自己却往上飘，真没出息。他朝卧室走去，双腿严重发软，根本不听使唤。他说："不是我不想救人，而是没这项本领。"

警察说："别急，你先来个深呼吸。"

孙畅闭上眼睛，用力吸气，把整个肺部装得满满的，好像存了一柜子的钱，然后再一角一分地开支。就在肺里的空气快要放完的时候，他忽然发现了一道难题："如果她不买我的账，一头撞向地面，谁来负这个责任？"

郑石油说："当然不能由你来负。"

"那由谁负责？"

"我。谁也抢不走这份功劳。"郑石油拍拍胸膛。

"空口无凭，你还是写个字条吧。我这人胆小，怕猫就像怕老虎。"

"莱温斯基怀孕，赖不到你头上。人都站到楼边边了，还写什么字条？"

"老郑，我是认真的，别以为我想收藏你的书法。"

郑石油从包里掏出一张白纸，唰唰地写了一行，签上大名递过来。孙畅说："还缺一枚公章。"

"孙老师，我是来救人的，不是来订合同的，怎么会把公章带在身上？"

“难道你不明白有些人比公章还管用吗？”

郑石油把字条递给警察。警察说：“想不到我在你们心目中，还有这么高的威信。”说着，他把名字唰唰地签了。孙畅接过字条揣上，用力地按了几下，顺便把夸张的心跳也按了下去。他好像重新找到了地球的引力，轻飘飘的身子有了重量。真幸运，他又会走路了。他走到卧室前，打开房门。郑石油立刻趴下，好像对面有一颗瞄准他的子弹。连窗帘都还没拉开，郑石油就急迫地趴下，足见他的一片诚意。孙畅朝窗口慢慢靠近。郑石油紧跟他的脚步爬行，一边爬一边说：“如果她还活着，你千万别告诉她我曾经学过狗走路。”

“那你也不能告诉任何人，说我吓得裤衩都湿了。”

## 2

扒开窗帘一角，孙畅看见麦可可站在楼顶的护栏上。她头发没乱，五官端正，好像不仅仅端正，还有几分媚气，看上去像个大学生。如果要给她写评语的话，应该是：该生着装整洁，勤洗手讲卫生，爱祖国爱劳动，有文艺细胞，喜欢唱歌跳舞，积极参加各项活动，如果再把鞋子穿上，那基本上就没什么缺点了……

“没消失吧？”缩在窗台下的郑石油轻声地问。

“但是，脚指头已经伸到护栏外面。”

“大慈大悲的孙老师，要是能把她救下来，我给你换套新房。”

孙畅拉开窗帘。麦可可警觉地抬头。孙畅说：“谁在挡我的视线？”麦可可面无表情。孙畅说：“原来是跳楼的呀，哪里跳不好，偏要到我的窗前来跳。”麦可可一动不动。孙畅说：“玩呀？”麦可可还是没反应。孙畅说：“还有没有别的选择？比如转过身，走下护栏。听到没？你妈喊你回家吃饭呢。”麦可可的眼皮微微一动。孙畅提高嗓门：“有人会想你的，不是父母，就是恋人……反正，在这世界上总会有一个人想你。他会一边哭一边喊你的名字。”

直到这时，麦可可的目光才有了焦点。孙畅说：“这么高，真要砸下去会很疼。我从小就怕疼，一到打预防针就哭。你不怕疼吗？你不怕疼水泥地板还怕疼呢。”

两行泪滑出麦可可的眼眶。孙畅想不到这么快就有了效果，吓得都忘了说话。他屏住呼吸暗暗使劲，希望泪水在麦可可的脸上多停留哪怕一会儿，好像眼泪能把她挽留似的。尽管孙畅的拳头都捏痛了，但泪水还是没刹住，它毫不犹豫地从对方下巴滚落。孙畅说：“年轻人，千万别着急，有什么困难我可以帮你，不一定非得摔成肉酱。”

“滚开！”麦可可终于开口。

“滚开容易，但我告诉你，人活着不仅仅是为了爱情……”

“那还能为什么？”

“理想、事业。小学生都懂。”

“每次都这么说，像唱卡拉 OK。别以为你换了身衣服，我就不知道你是警察。”

“为什么不是老师？难道你的老师不也是这么教你的吗？”

“老师干吗要管闲事？”麦可可明显不耐烦了，“你给我闪开，否则我立马就跳。”

“等等，即使你死，我也要让你死个明白。”

孙畅转身拉开床头柜，拿出一个纸袋回到窗边。麦可可的眼睛微微扩大，仿佛有了一点兴趣。孙畅从纸袋里掏出一本证件，说：“你看好了，这是我的教师资格证。我是一名光荣的人民教师，不是什么警察。”麦可可闭上眼睛，好像是相信了，也好像是为跳楼准备情绪。孙畅赶紧掏出第二本证件，说：“这是我的房产证。”麦可可的眼睛没打开，孙畅却把房产证打开了。他指着上面的姓名，说：“确认一下吧，免得你把我当骗子。我这个人什么错误都有可能犯，唯独骗人这一条不会。这是正宗的房产证，请你高抬贵眼，只要你看一眼，再把眼睛闭到未来都没关系。我不是故意要跟你啰唆，我的嗓子在课堂上就已经疲倦了，疲倦了我之所以还要说，那是因为这是我的家，每天我都会站在这里看你背后的天空……”

麦可可似乎被“背后”提醒，忽然回头，看见楼门里没有任何动静才又把头扭过来。孙畅说：“妹子，请你另找个地方吧。否则，我这窗口就残废了。知道什么后果吗？将来只要一站在这里，我就会怀念你。”

麦可可向右转，两只光脚丫沿着护栏踩去，好几次，她的左脚有一半悬空。孙畅惊叫：“我是说着玩的，你还真跳呀？”麦可可的步子更加勤快，似乎要远远地避开窗口。孙畅说：“再往前走就面对大街了，你想死得安静点就回来。”麦可可一怔，转过身，摇摇晃晃地又来到窗前。她低头看了一眼，说：“我是踩过点的，别以为你是老师什么都懂。”

孙畅问：“能告诉我为什么想死吗？”

“不幸福。”

“为什么不幸福？”

“因为郑石油不跟我结婚。”

“不就是结婚吗？我让石油同意就是了。”

“吹牛。他怎么会听你的？”

“他……”孙畅结结巴巴地低头，看见躲在窗下的郑石油举着“学生”两字，立即抬起头来，“他是我的学生。”

“不可能。这个城市里叫石油的有好几十个呢。”

孙畅又看窗下。郑石油举起的稿纸上写着“建政路23号6栋”。孙畅报上地址。麦可可皱皱眉毛，说：“你真是他老师？”

“我……还是他的班主任。”

“你保证他能给我婚姻吗？”

孙畅低声重复麦可可的疑问。郑石油在稿纸上写下“保证”。孙畅一下有了底气：“保证。”

“如果你说不动他，我还会站到这里。”

“放心吧，我的学生都尊师重教。”

“他答应结婚、结婚，可就是不跟我去领证，三年了。”

“他要是再敢骗你，我叫全班同学一起声讨。必要时，我让他见报。”

“当真？”

“我连手心都湿了，像开玩笑吗？”

孙畅松开拳头，把两只手掌举到窗前，就像投降。麦可可看见他的掌心全是汗，仿佛刚刚下过一场雨。她终于相信他，一屁股坐到护栏上。两个警察从楼门冲出来，分别拉住她的左右手。她拐了拐胳膊，抗议：“别碰。我有本事上来，就有本事下去，轮不到你们紧张。”

## 3

当麦可可和两名警察从对面楼门消失之后，孙畅才坐到床上。具体坐了多久，连他自己也不清楚，因为有一段时间，他的大脑里是空白的，既没听到声音也没感觉到热。直到小玲拿着湿毛巾在他冒汗的额头连续擦了几把，他才回过神来，说："好好一个人，为什么会想死？"

"被人欺负呗。"

"……我没欺负你吧？"

小玲想了想，说："好像没有。"

"那我就放心了。"

他开始看小玲的头发，然后再看她的脸和脖子，像打量陌生人那样由上往下打量。当他的目光移到小玲胸部时，小玲说："干吗那么色？"

"我……怕你死。"

"我要是死了，谁给你和不网洗衣、煮饭？"

"所以，我们都得活着，千万千万不能跳楼。"

"神经病才会跳呢。"

孙畅一激灵，从床上跳了起来，说："你这么一点拨，我就明白了。没准儿，她就是个神经病。只要一归结到神经病，多少事情都迎刃而解。"

当晚，孙畅吻了小玲。他已经好久没吻小玲了。小玲也不甘落后。两人都有了进一步亲热的愿望。结果他们一共来了三次。这是一个久违的次数，几乎是他们一周的指标。他们都很投入，也舍得花力气，尽管开着空调，脊背上却全是汗。因为汗水过多，他们都感到手滑，抓不稳对方。于是，他们的手指都掐进了对方的身体。但是，无论手指掐进去多深，他们都不觉得痛，反而提醒自己还活着，还有人陪着……这么折腾了一夜，他们都觉得幸福，甚至同情起麦可可和郑石油来。

被干扰的心情就这样平静下来。孙畅每天按时到中学讲课，小玲除了去妇产科上班，还负责接送孙不网。买菜、拖地板的事归孙畅，其余的归小玲。他们的生活又有了秩序，准确得就像秒针。几天之后，麦可可领着四个民工，把一台立式钢琴送到孙家门前。孙畅挡在门口，说："你这不是成心让我受贿吗？"

麦可可说："和一条命比起来，这钢琴只算一根毛。"

"那我也不能见毛就拔。"

"我和石油就要结婚了，你给个面子吧。"

"即使我想给你面子，这房间也不答应。"

"不会吧？这么大一个家，难道连架钢琴都摆不下？"

孙畅闪开。麦可可指挥四位民工抬起钢琴。钢琴避过门框，来到客厅中间，轻轻地落下，但只落了一半就落不下去了，因为茶几挡住了钢琴的一只脚。钢琴赶紧起来，调了一个方向，又往下落，一头却被电视柜卡住。钢琴又起来，移到窗下，贴着墙壁往下落，这一次短沙发挡住了它的去路。麦可可说："小心，小心，快抬起来。"钢琴又慢慢地起来，刮掉了墙壁上不少的白灰，琴边有了一道白线。麦可可说："孙老师，你们家也太小户型了。”

孙畅说：“买房的时候，我不知道你要送我钢琴，否则我就按揭一套八十平米的。”

麦可可打量客厅，实在找不出钢琴那么大一块地盘。民工说：“老板，我们的手都麻了。”麦可可抽出凳子，把餐桌顶到墙上，总算腾出一块空地。钢琴擦着餐桌落下，把摆凳子的地方全占了。孙畅说：“如果琴声能当正餐，我就把餐桌扔出去。”

麦可可说：“让我再想想办法。”

孙畅说：“除非把琴竖起来。”

麦可可推开孙不网的卧室，说：“可以摆在这里面。”

孙畅说：“屁股那么大块空间，别浪费力气了。”

麦可可招手，示意民工把琴抬进来。民工没抬，而是拿了一把卷尺，先量钢琴，再量孙不网卧室的空余。横量竖量，空地就差那么五公分。麦可可说：“现在我才明白，祖国其实一点儿也不辽阔。”

孙畅说：“心意我领了，把琴抬走吧。”

麦可可不甘心，推开主卧室，叫民工用卷尺量窗下的空间。民工蹲下，量了长又量了宽，说：“琴能摆下，但不能摆凳子。”

麦可可惊喜地：“可以坐在床上弹。”

“乱弹琴。摆那儿，会阻碍交通。”孙畅制止。

麦可可只当没听见，和四个民工一道把琴抬进来摆在窗下。

琴刚落地，小玲就领着孙不网回来了。她拍着琴面说："问题是这个东西对我们没用。"

麦可可说："它能陶冶下一代的情操。"

小玲说："下一代已经学画画了，没时间再学这个。"

麦可可说："嫂子，请你一定相信，学过或没学过琴的人，将来的素质绝对不一样。"

小玲说："就怕这琴只是个摆设。"

"抽空我来教他。"麦可可弯下腰，拍着孙不网的脸蛋，"你愿意跟阿姨学琴吗？"

孙不网摇头。小玲挥手叫民工把琴抬走。民工不响应。小玲抓起琴的一头，想抬起来，但抬不动，便扭头向孙畅求助。孙畅搓搓手，走过来一推。琴向房门滑去。麦可可说："本来我是想用钱来报答孙老师的，但是我怕你们笑我俗气，才想出这么个高雅的。这是我的一点儿心意，如果你们不收，那就是逼我送钱。"孙畅把琴停住。小玲说："妹子，我不是这个意思。这么贵的物品，我是怕它怀才不遇。"

"现在用不上，你敢保证将来用不上吗？有的东西即使没用，它也必须摆着。我这辈子从来不欠别人的，这次也不想欠。如果连感谢都没人领情，那我还有什么资格活着……"麦可可说得眼泪"叭叭"。

小玲把琴推回来，说："妹子，这琴我们收下啦。"

## 4

一天，孙畅正在教室里讲《拿来主义》，因为他把“网游”和当年外国人送来的鸦片进行了类比，学生们个个听得腰板挺直。忽然，有两个学生把头扭开。孙畅以为自己讲得不精彩，于是来了一句惊人的：“要救将来之中国，必先禁现在之网游。”如此雷人的语言，也没把那两颗脑袋扳回来，反而让更多的脑袋扭了过去。孙畅没有跟风，也不呵斥，而是保持了一位优秀教师的冷静。他想继续用口才校正学生们逃跑的脑袋，但一时半会儿还想不出具有磁铁效应的句子，正在琢磨之际，有一学生喊：“老师快跑，你女朋友找上门来啦。”

教室里不是一般的喧哗。孙畅再也装不成优秀，扭过头去，看见麦可可站在门口，其惊讶程度绝不亚于学生。他说：“你……怎么来了？”

麦可可一字一句：“姓、郑、的、跑、了。”

“啊！你们结婚的红包我都准备了，他不收彩礼啦？”

“骗子，”麦可可咬牙切齿，“你也是个骗子。”

孙畅四十来岁，活得也有些年头了，可他还是第一次听到有人咬着这两个字骂他，实在是不服气。他说：“还不如骂我流氓更好听些。”

"没那么便宜，骗子就是骗子。"

"我到底是骗了你的钱或是骗了你的色？"

"你骗我不死！"

孙畅张开的嘴巴像卡了个乒乓球，久久没有合拢。他万万没想到茫茫骗海还有这么一个新骗种。麦可可说："本来我一心求死，可你偏要花言巧语，说什么保证他能给我婚姻。现在好了，婚姻跑外太空去了。"

"一点儿信用都不给，成心让人崩溃。"孙畅嘟哝着，不停地在走廊上踱步。窗玻璃后面贴满了学生们压扁的脸蛋。麦可可问："你知不知道他窝藏的地点？"孙畅说："连你都不知道，我怎么会知道？他又不是我的恋人。"

"骗我？"

"骗你是狗。"

学生们都笑了。只有孙畅的脸黑得像黑板，既严肃又认真，不是行骗的表情。"又是一只气球。早知会破，何必吹得那么大。"绝望的麦可可突然爬上走廊的护栏，身子外倾。孙畅伸手一捞，动作飞快也只扯下半截衣袖。学生们惊叫着跑出教室，趴在护栏上俯视。麦可可已经不会动了，甚至有可能已经没有呼吸，好像是砸在草地上的一个蜡像。孙畅从楼道里冲出来，保护现场，拨了医院的急救电话。十五分钟之后，救护车就"呜啦呜啦"地驶进校园。一副担架把麦可可抬进了车子。孙畅跟着钻了进去。

## 5

因为是右肩先着地，麦可可还有呼吸，但右膀子的骨头或折或碎，医生们用了十多个小时才将其复位，并把右膀子打上石膏。麦可可躺在床上“四不”：不吃不喝不说话，再加上不停地流泪。由于泪水绵绵，枕巾换了一块又一块。孙畅说：“再这么哭下去，眼泪就要在床上发芽了。”

小玲手里的勺子装满鸡汤，朝麦可可的嘴巴靠近。麦可可的牙齿立刻咬紧。勺子微微一偏。小玲以为流质食物会像暴涨的河水，总有办法渗透防洪大堤，却没想到麦可可的牙齿不是豆腐渣工程，而是滴水不漏。鸡汤沿着嘴角流下，在脖子处与泪水交汇。小玲用纸巾擦着麦可可的脖子，说：“傻丫头，就算是真傻，你也不应该为一个骗子去傻。他都背信弃义了，你还赔上一条命，值得吗？你又不是他养大的，干吗要把命给他？只有把命送给珍惜你的人，命才值钱。不珍惜你的人，即使你死了，那也像死一只蚂蚁，他连眼皮都不会跳一下。”

“可是……他答应过娶我。”麦可可轻轻地说，嘴唇微微颤抖。

孙畅接过话头：“答应不等于事实。小时候，妈妈答应和我永不分离，可是去年，她还是死了。你说，我是不是也应该跳楼？”

“你不跳是因为你不在乎，你不爱她。”

孙畅被呛住，但马上反驳：“你越是爱他，就越不能死。”

“为什么？”

“因为你死了，他会伤心。”

“他要是懂得伤心，就不会人间蒸发。”

“所以……他不爱你。”

麦可可哭了。这是她跳楼之后第一次痛哭。小玲劝她别哭坏身子。孙畅用食指按住小玲的嘴巴。小玲收声，不停地往麦可可手里递纸巾，支持她哭个痛快。看着满地的纸巾，小玲鼻子发酸，泪水情不自禁地涌出。于是，她的两只手都忙了起来，一只给麦可可递纸巾，一只给自己抹泪。不知道是出于同情，或是勾起了某段伤心往事，她哭得比麦可可还伤心，好像全世界最可怜的人是她。两个女人相互感染，哭声此起彼伏。孙畅说：“够啦，再哭就把我也拖下水了。”

麦可可抽泣，说：“我不愿意怀念一个活人，还不如狗死跳蚤死。”

孙畅说：“你已经死过一次，知道为什么没死成吗？”

“楼……太矮了……”

“不是。是老天不让你死。”

“要是真有老天，它就应该把郑石油给我找回来。”

小玲插话：“只要你不想死，我们一定帮你找到石油。”

麦可可停止抽泣，像看见救命稻草那样看着小玲和孙畅。

她说：“你们真的能帮我找到他吗？”

孙畅说：“他又不是空气，哪能说蒸发就蒸发了。”

麦可可说：“如果能找到他，我就不死。”

孙畅说：“相信我们，活着没错。”

麦可可抹了一把眼泪，说：“谢谢！”她终于懂得说“谢谢”了。

## 6

孙畅找到建政路23号6栋503室。他按门铃，门铃不响。他拍门，门不打开。邻居说这屋已经半月没人居住。他向物业打听房子的主人。物业说这房主不姓郑，是别人租给他住的。他不信，物业就把租金收据拿出来。白纸黑字，他想不信都难。

还有一条线索，就是那天陪郑石油上门的蒋警察。孙畅在110值班室找到他。他说那天的主题是救人，不是调查姓郑的。孙畅说：“偏方已经失效，现在只有郑石油才是麦可可的速效救心丸。”蒋警察在内部网搜索，发现郑石油的身份证号是假的，也就是说他们认识的郑石油是个山寨版。蒋警察说：“要找到这个人，恐怕比提拔你当校长还难。”

晚上，孙畅吃饭特别响，每一口都不让牙齿落空，好像嚼的不是黄瓜大蒜，而是不共戴天的仇人。这种特殊的声音持续了大约一刻钟，小玲说："人家可是眼巴巴地等着消息。"孙畅忽然就不嚼了，问："你有什么主意？"

"还需要主意吗？"

"你的意思是来真的？"

"难道你还想骗她？"

孙畅摇头，说："多少好听的，都不如一刀断了她的念头，给她一个根治。"

两人达成共识，都穿上正装，一本正经地来到病房，像大会合影的前排官员那样直直坐下，手掌分别按住膝盖。麦可可的眼睛一闪一闪，急于从他们的表情里找答案。大家都不开口，病房异常肃静。肃静啊肃静，孙畅终于忍不住，清了清嗓子，说："小麦……这个……事情……啊……这个这个……啊……"孙畅"啊"了半天也没"啊"出个内容来。小玲用力掐了一下他的后腰。他一龇牙，说："你掐什么掐？我这么说话是想给小麦一点儿思想准备。"麦可可的眼睛顿时停电。孙畅说："你骂得对，他是个骗子。"

"人呢？"麦可可问。

"连警察都找不到他，他的名字是虚构的。"

"这么说，我是没机会扇他了？"

"除非他愿意挨扇。"

"可你们说过，能帮我找到他。"

“什么人都可以找，但一碰上骗子我们就眼瞎。”

“那你干吗要救我？”麦可可忽地大叫，吓得孙畅和小玲笔直的上身都往后闪。孙畅说：“我救你是因为生命比爱情重要。”

麦可可说：“我宁可不要命，也要爱情。”

小玲说：“生命只有一次，爱情可以重来。”

麦可可咆哮：“就是可以重来一千次，他也不能骗我。谁都不能骗我。你不是说他是你学生吗？现在怎么变骗子了？”

孙畅和小玲都咬紧嘴巴，生怕又用词不当。病房里再次肃静，只有门外往来的脚步声偶尔打破沉默。他们已经若干年没这样体会安静了，静得都可以听到自己小时候的哭声。好久好久，他们听到一声轻轻的“对不起”，那是从麦可可的嘴里发出的。小玲说：“非常抱歉，我们的能力有限。”

“你们走吧，我没事了。”

孙畅说：“你挺得住吗？”

麦可可点点头。

孙畅说：“如果悲伤是挑担子，我们可以从你肩上接过来。可偏偏悲伤不是，只能靠你自己消化。”

麦可可忽然一笑，说：“放心吧，我不会自杀了。”

“你保证？”

“保证。”

孙畅和小玲分别跟麦可可拉钩之后，便离开了病房。因麦可可的忽然一笑，他们阴沉的心情像晒了太阳。看看时间已近凌晨，他们打了一辆出租车。两人都累，都没说话，但四只眼睛全落在计费器上。快跳到30元的时候，孙畅忽然大叫："司机，掉头。"小玲吓了一跳，说："你发神经病呀？"

司机掉过车头，问："去哪儿？"

孙畅说："回医院。"

出租车跑着回头路。孙畅说："难道你不觉得她的那个笑有些诡异吗？"小玲说："我也觉得勉强。"

"她是想把我们骗走。"

"可是孙畅，你不觉得累吗？也许，没你想的那么严重。"

"我有不祥之感。"

"也许，我们可以假装不知道。"

孙畅叫司机停车。他在犹豫是不是把车头又掉回去？小玲说："当然，我只是说也许……"孙畅想了一下，说："回不回医院？其实很好判断。"

"怎么判断？"

"万一今晚她真的出事，我们能不能一辈子假装不知道？"

"我装不了。"

"我也装不了　　"

## 7

半夜时分，住院部的窗户有的白有的黑，整幢大楼的正面就像一盘竖起来的围棋。

麦可可的病房还亮着灯。孙畅和小玲来到窗前，看见麦可可躺在床上，都松了一口气，都怀疑自己是不是有点神经质？但是，就在他们即将转身的时候，孙畅发现了异样。他指着床底问："小玲，那是什么？"

地板上聚积了一片黑色，有液体正从床板断断续续滴落。"不好啦！"孙畅叫唤着推开房门冲进去，掀开麦可可的被单。她的右手腕子已经被玻璃划破，鲜血正从伤口冒出来。小玲一手压住伤口，一手试探她的鼻息，说："快叫医生。"孙畅摁亮呼叫灯，喊着"救命"冲出去。

很快，护士来了，医生也来了。一群白大褂把床围得水泄不通。有人量血压，有人套呼吸机，有人输血……正在听心脏的大夫说："快不行啦，你们喊喊她，别让她睡过去了。"

小玲挤进来，趴在床头喊："可可，我是小玲，你醒醒……可可，你别急着走啊，傻妹子，我见过傻的，但没见过你这么傻的。你快醒醒呀，可可……你这么漂亮，这么好的年华，还怕没人爱你吗？你睁开眼睛看看，爱你的人都站在这里呢，可可……”喊着喊着，小玲泣不成声。

有人说：“还怕没机会哭吗？快喊呀。”

小玲好像哑巴了，怎么喊都是抽泣。孙畅挤进来，喊：“可可，你快醒醒……你说过你不会死的，你跟我们拉过钩下过保证，为什么我们一转身你就这样？可可，快醒醒呀……我们舍不得你。知道吗？你那一笑让我们高兴了好久。可可，你再笑笑，让哥和嫂子再看看……可可，快醒醒，别走啊……小玲……”

小玲哭着说：“不是我，是可可。”

孙畅一愣，接着喊：“可可，不就是郑石油吗？只要你醒，再难，我们也要把他找回来。你醒醒啊，可可……”

麦可可毫无反应，脸色苍白得就像一张白纸。有人在按她的胸部，有人在打强心针。那个听心脏的大夫急得汗水直冒。小玲喊：“可可，快看，我们把郑石油给你找回来了。可可，快看呀，石油来了……”麦可可的嘴唇微微一抽。大夫说：“加油！”现场忽然寂静，大家都在扭头寻找。大夫说：“郑石油呢？快喊呀，再不喊就真没气了。”

孙畅喊：“可可，我是石油。”

现场又热闹起来。所有的目光都落在孙畅的身上。大夫竖起大拇指。小玲一边哭一边点头。孙畅继续喊：“可可，对不起……我没心没肺，活该抽筋剥皮，你扁我扇我吧，可可，你是用命来爱的人，我迟钝，我身在福中不知福，可可，我保证再也不躲你了，你别走，只要你不走，我就跟你结婚……”

“嚯……”麦可可终于呼出一口微弱的长气。她从死神的手里逃回来了。在场的每个人都像突然松了绑，身心俱弛，抹泪的抹泪，擦汗的擦汗……

## 8

孙畅第一次出错是在菜市，他已经转身走了几步，忽然被卖葱花的叫住：“喂，你是没领工资或是故意装蒜？”孙畅羞得满脸通红，赶紧回头补交了两元葱花钱。他想俺老孙买了十几年的菜，忘记交钱还是头一遭，偶然而已。第二次出错是在早餐店，他拿起一瓶豆浆就走，出门之后才发觉没付费。他想这还是一次偶然，原因是忙晕了。第三次出错是在医院的单车棚，他取车时不仅忘了交保管费，而且是第二天才想起没交。他想再不注意，恐怕偶然就变必然了。

这天放晚学，他从办公室里出来，在走廊拐了几个弯，忽然就听到一声闷响，眼前的玻璃“哗”地散落，脑海里有悠长的回声。他一摸前额，手上全是血，再看地板，都是玻璃碎渣。此刻，他才确信脑门刚刚跟玻璃打了一架。学生们围上来，问：“老师，要不要去医务室？”他说：“我没欠你们钱吧？”

他捂着额头来到妇产科，把伤口交给小玲。小玲一边帮他包扎一边说："现在，你又欠学校一块玻璃。怎么老是欠呀？"

"都是紧张惹的祸。"

"又没做亏心事，有什么好紧张的？"

"难道你就不怕麦可可跟我们要人？"

"救命时说的话，还能当真？"

"我敢保证她醒来的第一句，就是问郑石油在哪里。"

"未必。也许她忘了。"

"不可能。不信你现在叫她打靶，枪枪都是十环。"

"几天时间，就是神仙也找不到那个骗子。"

"所以，我急得大脑都出汗了……"

"谁叫你冒充郑石油？活该！"

"我要是不冒充，你那话就接不下去。大道理你不讲，偏说什么郑石油回来了，活活把自己人逼进死角。"

"旁边不是还站着好多男人吗，你急着哭什么丧？"

"人家不是她的孝子贤孙。"

"那你是她的孝子喽？"

孙畅气得发抖。他说："汪小玲呀汪小玲，想不到你说话也不讲良心。我冒充郑石油的时候，你不是点过头的吗？"

"畜生才点头。"

"点头的是畜生。"

"就你嘴巴狠。"

小玲一生气，把手里的胶布按到孙畅的嘴上。两片横着的红嘴唇，外加一条斜竖的白胶布，就像数学的不等号，映在对面的镜子里。孙畅被刺激，一把扯下贴在前额的纱布，露出流血的伤口。护士惊叫："孙老师，会感染的。"孙畅的嘴唇挣扎，想说什么却说不出来。他用双手慢慢地撕嘴上的封条，面部肌肉颤抖了几十次才把嘴巴打开。透了一口气，他说："凡是汪小玲摸过的纱布都有剧毒。"

小玲一转身，跳脚出门。孙畅冲着她背影说："你跳得再高，我也没欠你钱。"说完，他把胶布递到护士面前，说："你参考参考，谁家的老婆会用这种方式给老公拔胡须？"护士抬眼一看，几根粗壮的胡须黏在胶布上。

## 9

麦可可开口说话那天，孙畅和小玲都在床边。她说的第一句是"对不起"。这让孙畅忽然有了久违的轻松。小玲在与孙畅对视的瞬间，脸上甚至都有了赌赢的表情。但是，轻松的心情只保持了几秒，麦可可就说了第二句："郑石油在哪里？"

孙畅说："我去找过蒋警察，求他发通缉令。他说只有重要犯人才能享受通缉待遇。我说郑石油害得麦可可差点儿没命，难道还算不上重要？他说感情的事不归他们管。"

“这么说郑石油没回来？”

“后来，我去了一趟报社，请他们登了这个。”

孙畅掏出一张报纸举到麦可可的眼前。报纸一角印着郑石油的照片，旁边一行字：“请告诉他的确切消息，有酬谢。”麦可可发了一会儿呆，说：“当时我就怀疑，可还是忍不住醒、醒了。”她抹着眼角，泪水眼看就要出来了。孙畅说：“寻人启事已贴到网上，我现在是24小时开机。”麦可可鼻子一抽，似乎把眼泪也一并抽了回去。她说：“你能把他拽回来吗？”

“有可能。他们用这种方法找到过失踪者。”

“那我就再等几天。”

“几天？抓个逃犯也没这么快，更何况我是业余的。”

“那要多久？”

“说不准。快的话十天半月，慢的话一年半载。你得有耐心。”

“谁能找到郑石油，我出十万元酬金。”

孙畅瞪大眼睛，接着斜视小玲，心里泛起一百个“不相信”。但麦可可马上说：“我不缺钱。”从表情判断，她不是开玩笑，她本来就不是个爱开玩笑的人。孙畅说：“有了这个数，找到郑石油的把握就更大，待会儿我在网上发布。”麦可可说：“拜托。”

小玲比画着，说：“这么高一摞钞票，为一个骗子，你舍得？”

“除了不服这口气，我……我还真离不开他，”麦可可说，“大学一毕业，他就把我锁定了，给我买房买车，还给我存了一笔。他从不让我干活，连煮饭都请阿姨。除了他，我没有朋友没有亲人，甚至没有氧气。”

“你父母呢？”小玲问。

“相当于死了。我混得越惨就证明他们越正确。”

“为什么？”小玲说。

“因为我没考上名校，没考托福，没跟郑石油拜拜，没按他们的意思生活，他们就说这辈子不想见我。”

孙畅说：“也许他们后悔了，正盼你回家。”

“你要是拉他们入股，我会死得更迅速。”

“不会。我不知道他们在哪儿。”孙畅说。

小玲问：“可可，郑石油对你这么好，干吗要跑呀？”

“只有他知道。”

回到家，孙畅立即趴到电脑前。小玲问：“你真有那么大本事？”孙畅飞快地敲着键盘，说：“人肉搜索，一般都躲不过的。他是大活人，又不是空气。”小玲说：“再没成绩，可可就不信我们了，准出人命。”孙畅说：“就算是大海里捞针，也得捞……”他用力一回车，十万酬金的信息已贴到网上。

## 10

等待中的麦可可脸上出现红苹果色，皮肤恢复弹性，右手指伸缩自如，心跳和血压正常。她可以坐在床头上网了。孙畅把手提电脑掰开，摆在她面前，点出十几张照片。这都是渴望酬金的网友们发来的，每一张脸都是郑石油的模仿。其中有个女的，看长相看表情，说不跟郑石油来自同一基因都没人信。麦可可说："他是不是变性了？"孙畅说："即使变性也没这么快。据网友搜索，此人独女，不是郑的妹妹。"麦可可的眼神又一次调暗。

孙畅点了一下鼠标，说："请看这张。"

麦可可抬高眼睫毛。照片上，一群白人站在纪念碑前默哀，周围散立残缺的水泥桩和铁丝网，右边的远处是一片树林和两间半颓的房。麦可可问："什么意思？"孙畅说："波兰的奥斯威辛集中营。纳粹在这里屠杀了上百万的犹太人、波兰人和吉卜赛人。"

"太远了吧？"

"不远。"孙畅说着，把照片局部放大。两张黄色的脸从白人中间脱颖而出。麦可可惊叫："是他。"

"你确定？"

"就是从焚尸炉里出来我也认得，"麦可可的呼吸变得急促，"狗屎，他不来悼念我，竟然去悼念外国人。"

“也许是旅游，也许移民了。”

“那还是够不着他。”

“只要他还活着，就有机会。导演波兰斯基躲了美国警方30多年的通缉，最近还是在瑞士被抓了。”

“等他30年？我可没那个耐心。”

“运气好的话，也许30天，也许三天就有消息。”

“旁边那女的是谁？”

“不知道。照片是一个摄影师发来的，他说一群白人中间就两个黄皮肤黑眼睛，所以印象深刻。但他跟他们只是偶然相遇，并不认识。”

“搜索那个女的，没准儿能找到郑石油。”

“网友们正在为十万元酬金加班呢……”

但是，一个星期了，那个女的还是没有被搜索出来，仿佛她是国家机密。孙畅、小玲和麦可可围住电脑，把她的头像放大，再放大，直到她的脸部出现粗大的颗粒。麦可可叫她“大灰狼”，她认为是大灰狼抢走了郑石油。小玲反对，因为大灰狼不够年轻，且漂亮程度不及麦可可的一半，根本不具备抢走郑石油的实力。孙畅推测郑石油愿意跟一个半老徐娘私奔，唯一的可能就是她有钱。也许她是个富姐？麦可可说按这么推理，那郑石油给自己存的那笔，会不会就是大灰狼的？如果是，明天她就把钱统统烧掉。小玲阻止，说金钱无罪，有罪的是使钱的人，在没有确证之前，千万别亵渎钞票。孙畅猜测，没准儿大灰狼是郑石油的妻子。麦可可否认，她说自己至少审问过郑石油一百遍，他发誓没结过婚。

大灰狼变得越来越不确定。在他们三人的嘴里，有时她是婊子，有时她是权贵的女儿，有时她是通缉犯，有时她是导游……她就像一块橡皮泥，被他们捏成各种形状，而捏得最起劲的是麦可可。慢慢地，大灰狼什么职业，跟郑石油什么关系都不重要了。她只是他们说话的由头、放松的话题，是他们玩心理游戏的工具。在对她的猜测和污辱中，他们获得了快感和优越感。麦可可不止一次地嘲笑她，说她因为跨国卖淫，患了艾滋病，估计身体已经烂了。即便她没患艾滋病，谁又敢保证她没患癌症？即便她不患癌症，谁又敢保证她没贩毒？只要她贩毒，没准儿过海关的时候已经被擒，或者干脆在她逃跑的时候被乱枪射死。当然，被击毙的不止她一人，还有她的同伙郑石油。

看见麦可可笑了，孙畅想原来作践别人也是一种有益于健康的精神活动，此一活动放在麦可可的身上，那就是活下去的动力。

## 11

麦可可出院以后，非得请孙畅和小玲到她家里聚一次。她就住在对面楼房的五层。原来是准邻居，难怪那天她会站到对面的楼顶。这是一套三居室，地板是浅红色原木，刚打过蜡，亮得可以冒充镜子。黑色的真皮沙发，雕花的欧式原木餐桌。窗口挂着手绣的白色纱帘，配红色窗框。客厅的墙壁雪白，上面挂着十几张照片，有她青涩的高中，也有舞姿翩翩的大学。中间有一张照片倒挂，那是郑石油搂着她的开心合影。

他们给她带了一件礼物，是一根可以伸缩的钓鱼竿，外加一盒鱼饵。孙畅把钓鱼竿一节一节地拉长，直到钓鱼竿伸出窗外。麦可可问："有这么大的鱼塘吗？"孙畅说："你看你，一点也不了解郊区。"孙畅把鱼饵黏到钩子上，再把钩子甩出窗外，教麦可可如何握竿，怎么看动静，哪样收线。教练完毕，孙畅又把渔竿一节一节地收回，他强调没有什么方式比钓鱼更能让人心情平静。

餐桌上的菜都是麦可可叫饭店送来的，有海参，有龙虾，还有南瓜羹什么的，唯一忘记叫送的是主食。她为这个疏忽犯难，最后眉头一皱，给每人泡了一碗方便面。她说她是吃方便面长大的，要是几天吃不到一口，背叛投敌的念头都会产生。席间，孙畅不时扭头看那张倒挂的照片。他问："郑石油是做什么的？"麦可可说："他说他做边贸生意。"

"你到过他办公室吗？"

"没有。"

"有没有他留下的名片？"

“没有。”

“也就是说，你只晓得进门后的郑，不知道出门后的石油。”

“第一次没经验。可是，我也不能没生病就先吃药吧？”

孙畅闭嘴。但是吃了几口，他又问：“郑石油留没留下什么可疑物品？比如证件、笔记本和信用卡什么的……也许能从他留下的物品上找到更多的信息。”

“凡他碰过的我全都烧了。”

“为什么要烧？”

“祭奠死人的时候不都是烧吗？”

“他未必死了。”

“死了死了，”麦可可把墙壁上倒挂的照片摘下来，砸到地板上，“我说他死了就是死了。”

“你真不在乎他了？”

“不在乎。”

“也不怨恨？”

麦可可摇头，说：“如果他身边那个女的比我年轻、漂亮，也许我会忌恨……女人都是这样，受不了别人比自己好，却能原谅别人比自己差。”

“这回，你算是真醒了。”

孙畅举杯。二只盛着红酒的杯子响响地碰在一起。

## 12

估计是方便面吃腻了，麦可可登门跟小玲学做饭菜。小玲从淘米开始一步步教她，直到把生米煮成熟饭，然后，又教她切菜、炒菜。麦可可很上瘾，三天两头就跑过来练厨艺。每次她都不会空着手来，有时提鸡肉有时提牛肉，有时提一大篮瓜果蔬菜。饭菜做好，她留下来一同品尝，听每个人对饭菜的评价。表面上是开学术会，实际上是混吃混喝。晚餐后，她教孙不网弹琴。

琴是她先前送来的，还摆在主卧室的窗前。小玲在床边铺一块布，麦可可和孙不网便坐到布上，从“哆来咪”开始学。随着时间推移，琴声从牛叫慢慢变成鸟鸣。每次授课完毕，麦可可会情不自禁地演奏《月光奏鸣曲》或《四只小天鹅》。凡这样的曲子一起，孙畅和小玲不管在做什么，都会跑到卧室的门口，用崇敬的目光看，谦虚的耳朵听。此刻的麦可可上身像个贵族，手指像个舞蹈演员，神情专注，整体优雅。听的人陶醉了，弹的人也陶醉。孙畅和小玲经常提前鼓掌。显然，这样的曲子不是弹给学生听的，而是为了感谢家长的救命之恩。要知道她现在演奏的位置，就是当时孙畅对她喊话的地点。她的目光不可避免地会穿过窗户，落到对面的楼顶。那是她曾经差一点就跳下去的地方。

麦可可告辞，琴声仍厚厚地铺在床上。孙畅和小玲睡下时，能听见琴声从席子的气孔冒出来，像棉花一样把他们覆盖。有琴声铺床的夜晚，他们准会亲热一次，以至于他们亲热的次数，完全与麦可可演奏的次数相等。一天深夜，孙畅觉得脑袋里有点紧，就像在脑神经上铺了一层吸水纸，纸又干了的那种感觉。孙畅深呼吸，回忆郊区的鱼塘，想象山水树木和草香，暗示自己平静。但是，他越暗示脑神经就越绷得紧，仿佛拔河，一拉它就过来，一松它就过去，反正就是不能原地不动。孙畅碰了一下小玲，小玲翻过身来，速度飞快，眼睛是睁开的。原来她也没睡着。这时，他们才恍然大悟，麦可可已经好久没上门教琴了。他们也好久没过那种生活了。小玲说："她总算把我们给忘了。"

"她在和过去告别呢。"孙畅说。

## 13

半年后，孙畅在教室上课。讲到一半，他发现后排坐着一位成熟的女生，细看，原来是麦可可。她头发染黄，发型改变，鼻梁上还多了一副黑框眼镜。孙畅假装没看见，但讲着讲着就跑题，只好提前宣布下课。学生们散去，孙畅走过来，说："可可，我差点儿没把你认出来。"

麦可可低着头，说：“最近，有点儿，伤感，想找你说几句。”

“去钓鱼了吗？”孙畅坐到她对面。

“我把钓鱼竿砸水里了。”

“为什么？”

“我钓了一条鱼，把它摘下来放回去，然后又钓，钓到的还是那条。我又摘下来，把它放回去，还挪了钓鱼的位置，没想到钓起来的又是它。”

“只能说那条鱼喜欢美女。”

麦可可的脸上没有出现预期的笑容。孙畅赶紧把自己的笑容打住。麦可可说：“所以我想，人生很无聊。就像钓鱼，钓来钓去就钓那一条，还是自己放回去的。”

孙畅说：“有的人钓了一天，连个鱼影子都看不见，而你却能几次钓到同一条鱼，算是幸运。”

“别哄我了。”

“如果不是幸运，那就是幻觉。”

“你才幻觉。你说郑石油保证跟我结婚，你说你能找到郑石油，你说只要我不走就跟我结婚……你回车回车总回车，却没一条兑现。”

传来一阵哄笑。孙畅扭头，发现一群学生趴在窗外偷听。他挥手驱逐，学生们三三两两地走开。直到窗外没人，他才把头扭过来，说："有的话是抱着希望说的，但不是每个希望都能实现。"

"那不就是说谎吗？"

"必须澄清，你奄奄一息那天，我是在替郑石油喊话。"

"可我没把你当郑石油。你的每句都拍在我脑门，一句一个包。我是听到你说跟我结婚才醒的。要是郑石油这么说我早气死了，谁还信他呀？"

"这么说我喊错了？"孙畅有些着急。

"没喊错，"麦可可停了一会儿，"你是个好人，所以我一直忍住不语，以为自己能消化，可还是消化不良……其实，我也在找理由哄我。我说挺住，没准儿哪天郑石油会在我面前双膝落地。我还说加油，一定要活着看见大灰狼和郑石油一起悲惨。但这些理由能哄小孩，却不能哄大人。我对他们没兴趣了，再也找不到活下去的理由了……"

孙畅滚动着眼珠子，似乎在帮她找理由。忽然，他把眼珠子定住，说："你该有份工作。人一忙，就没闲工夫想什么生死。"

"有个场招跳舞的，我想去，可人家说要脱衣。"

"你不是会弹钢琴吗？可以做家庭老师。"

"我那水平也就蒙蒙你们，蒙不了别的家长。"

"可以学。你这么年轻，没你学不会的。"

“我讨厌考试。从小到大，我都考烦了。”

“总有一两件你不烦的吧？”

“有。”

“什么？”

“死。”

孙畅眉头一皱，说：“打住吧。也许你该去看看心理医生？”

“去了，他们说服不了我。你说，如果没有爱情，人为什么还要浪费粮食？不如让地球松口气。”

“你这么优越的条件，还愁没人敲门？你完全有资格为爱情活着。这就是理由。”

“在网上Q了，没一个来电的。”

“眼光别太高，找个心好的吧。”

“就你这标准，高吗？”

“别拿哥开玩笑。”

“我是认真的，”麦可可盯住孙畅，“你要是不讲信用，我还得死一回。”

“那死的将会是我。”

孙畅一拍脑门，正好拍在那天撞破玻璃的伤口上。旧痛还在。

## 14

从校门出来，孙畅一路没捏刹车。他像即将分娩的产妇，用最短的时间赶到妇产科，把麦可可说的跟小玲全部吐了一遍。小玲气得胸腔一放一收，说：“她一定是疯了。”孙畅问：“你们医院一般用什么方法对付疯子？”小玲仿佛被针戳了一下，忽然有了主意。她带着孙畅去找精神科大夫。大夫听完他们长长的讲述，说：“这样的病例，只能到康复医院强行治疗。”

小玲和孙畅都摇头，因为这不是他们的权力范围。他们唯一能做的就是惹不起躲得起。每天下班，他们都去不网的外婆家吃，到了深夜才悄悄回来。但是，他们回家的路线再也不是直的，而是从前楼绕过去，再从后楼绕过来，最大角度地回避那扇窗口。小玲再也不敢穿高跟鞋，生怕上楼的脚步惊动她。锁孔已经加了润滑油，开门时不会发出响声。进门之后，他们不开灯，也不开窗帘，摸黑洗完澡就上床睡觉。早晨，他们先透过猫眼看看楼道，发现确实没有可疑人物才出门，然后飞快地下楼，一路小跑而去，仿佛麦可可就在身后。

一天深夜，他们被门铃声惊醒。

孙畅一抽鼻子，说：“是她。”门铃响了一遍又一遍。孙畅把小玲紧紧地搂在怀里，好像魔鬼就要钻进来了。待门铃停息，他们轻轻地下床，摸到门后，把耳朵贴在门板上。他们听到麦可可在低声抽泣。她一边抽泣一边说："我知道你们在家，你们是故意躲我。孙老师，小玲姐，开门呀……我又不是恐龙，你们干吗怕我？求求你们，让我进去。我不会给你们添麻烦，就想跟你们说说话……"

小玲凑到猫眼上，轻轻地说："怪可怜的，让她进来吧？"

孙畅说："你就不怕打开潘多拉的盒子？"

小玲把孙畅拉到猫眼上。孙畅看见麦可可手里抱着一大束鲜花。花束里没有玫瑰。他说："也许这会儿她没疯。"

小玲亮灯，把铁门打开。麦可可欣喜地："小玲姐，孙老师，我想死你们了。"她擦着泪痕走进来，把鲜花插在花瓶里，像打量老朋友那样打量客厅。小玲说："坐吧。"麦可可放松地落下去，在长沙发上弹了几下。孙畅和小玲分别坐在两边的短沙发上。麦可可说："孙老师，那天我情绪不好，吓着你了吧？"小玲说："他倒是没吓着，我差点儿吓得半死。"麦可可赶紧道歉。小玲说："妹子，我们家的什么东西你都可以拿，唯独不能拐卖人口。"麦可可的脸唰地红了。她说："对不起，我太急。"小玲说："这事慢也不行。"麦可可说："不是这个意思，我的急是指……"

小玲和孙畅都扭头看着她，急于知道她的意思是什么意思。她说："像我这种刚刚被欺骗过的，本该一遭挨蛇咬十年怕草绳，好好地消停消停。我真的努力了，每天都在心里加一块超厚钢板，使劲儿地压住那些冒出来的泡泡。我曾经发誓把爱情扔进冰箱，让它冻起来，发誓别相信、别爱、别结婚。但是……我做不到。少一分钟没有爱情，我心里就发慌、害怕。我需要婚姻，而且是越快越好。你们……能帮我介绍一个吗？”

小玲说：“要找一个配得上你的，挺不容易。”

麦可可说：“我的条件不高，心好就行。”

“这年头，不缺帅哥，就缺好心眼。”

“那就找个次好的，反正我也想明白了，不是每个人都能找到最好。”

“我帮你打听打听吧，说好了，只是打听打听。”

“整个太阳系，就你俩对我好。”说完，麦可可在小玲的脸上“叭”地亲了一口，惊得孙畅和小玲的眼珠子差点掉出来。

## 15

小玲在脑海里搜索她认识的未婚男子，范围从单位扩大到亲朋好友，结果发现没一个适合麦可可的。她问孙畅：“你们学校有没有合适的男老师？”孙畅说：“倒是有一个，但不敢介绍。”

“舍不得呀？”

“谁敢找个发神经病的？”

“她现在不是好了吗？趁她心情愉快，赶快找个男的填上去。万一她旧病复发，没准儿又要逼你还债。”

孙畅觉得小玲说的不是废话，就买了一瓶好酒，做了几个好菜，请匡老师到家里来交流。匡老师身高一米七几，五官摆得到位，虽然眼睛偏细鼻梁欠高，但小玲说：“外表没问题。”孙畅介绍，匡老师上政治，知道伊拉克什么方位有石油，懂得美国次贷危机的来龙去脉，还为巴以和谈写过信，出过主意。小玲说：“才华没问题。”孙畅又介绍，每次为灾区捐款，匡老师都没落下。去年，他还给贫困学生买过蚊帐。小玲说：“心眼没问题。”孙畅说，匡老师是演讲比赛的评委，好多观众表面上是去看比赛，实际上却是去听他点评。小玲说：“口才没问题。”

匡老师干了一杯酒，问：“那问题是什么？”

小玲说：“女方太优秀。一般男人征服不了她。”

匡老师说：“先认识认识吧，如果征服不了，就算体验生活，反正吃亏的不是男人。”

正在饮酒的孙畅突然噎住，像喉咙里卡了鱼刺那样翻起白眼。他用力吞咽，直到把酒顺下去，眼眶里的白眼仁才消失。他说：“匡老师，我特别希望你有个严肃的态度，因为她太不一般了。”

匡老师问：“怎么个不一般？”

孙畅说：“她像思想家那样追问生命，像校对员那样纠正错误，像商人那样认可合同，像季布那样一诺千金，像西施那样貌若天仙。如果你没有负责任的打算，那千万别跟她玩，否则准出大事。”

“既然你这么说，那我就来回真的。”

“好好地爱。爱能融化冰雪，催生万物。”孙畅语重心长，弄得比托孤还要悲壮。匡老师感动得眼圈发红。当他们干完那瓶白酒之后，匡老师就像电影里的“金刚”那样，“咚咚”地拍打着胸膛，说：“如果全人类的良心都烂了，那唯一不烂的就在这里。把她交给我，你们一万个放心。”

星期天，小玲和孙畅把匡老师带到麦可可的住处。小玲介绍麦可可。孙畅介绍匡老师。介绍完毕，麦可可第一句就问匡老师：“人为什么而活着？”匡老师回答：“爱情。”这个回答就像对上了暗号，立即让麦可可的眼睛熠熠生辉。匡老师从地球变暖谈到北极冰川，从广岛原子弹爆炸谈到伊拉克难民。他感叹地球没了指望，生命已无呵护，人要幸福地活下去，只能依靠爱情。为什么？因为爱情是痛苦生活的麻醉剂。听到此处，麦可可的眼睛不单是生辉，已然“嗖嗖”放电。

孙畅和小玲悄悄地退出去，轻轻地掩上门。他们一转身，就以离开爆炸现场的速度往楼下跑。好像跑得越快就越跟这件事情无关。就在即将跑出楼道时，小玲的脚闪了一下。孙畅赶紧把她扶住，避免了一场扭伤。小玲双手合拢，看着麦可可的那扇窗口，说：“阿弥陀佛，但愿他们能成。”

孙畅也抬头看着，说：“没想到好口才还能治病。”

## 16

寒假，孙畅带领全家到南边的海滩旅游。躺在海水里看天，他有一种空前绝后的轻松，仿佛刚刚还完房贷。但是，他立即就否认了这个比喻，觉得这种轻松不是用钱可以购买的，它不是经济问题，而是人生内容，比还完钱更高级，更形而上。有了这种心情，海水就变成深蓝，天空一尘不染，水温恰当宜人。小玲和孙不网的嬉闹声从附近传来，轻轻拍打他的耳根。他像一块糖那样浮着，漂着，尽情地舒展四肢，仿佛被融化了。

从水里起来，他觉得海滩上的沙子也比过去来时柔软。忽然，他在人群中看见一个熟悉的背影，追过去，果然是匡老师。两人都不是一般地惊讶，张开的大嘴似乎能把对方吞掉。匡老师问：“你怎么会在这里？”

“我怎么就不能在这里？”孙畅说。

“太巧，太巧了。”

孙畅的目光在人群里搜索，问：“一个人？”

“还有一个，在阳台上观察敌情。”

“啊……”孙畅眉开眼笑，“这么说你们谈得还算顺利？”

“你说她怎么就那么爱思考？动不动就问为什么。”

“平时我们没问你都抢答，现在有个爱问的，那不是瞌睡遇到枕头了吗？你本来就是个解答疑问的专家。”

“有点儿奇怪，”匡老师放眼茫茫大海，“也许，我能游过去。”

“拜托，一定要游过去，不管遇到多大的阻力。”

“试试吧。”

匡老师扎进水里，挥臂游去。孙畅一直目送他，直到他在海里变成了一个小黑点，才转过身来。小玲突然出现在他身后，问：“你看谁呀？”孙畅说：“匡老师。”

“他怎么来了？”

“来的不光是他。”

小玲张开的嘴巴丝毫不比匡老师的小。她说：“怎么像个影子？走到哪跟到哪，成心不让我们放松。”

“算了吧，人家接了那么大一个包袱，真正需要放松的是他，他们。”

第二天，孙畅就退房了。他们坐长途汽车回家，把大海让给了匡老师和麦可可。一路上，孙畅都在夸姓匡的，说他是个好人，有机会一定要报答。但是，孙畅只是学校里的普通一员，基本上没报答匡老师的机会。新学期，上级派人到学校搞民主测评，让全体教职工推荐一位副校长。孙畅想都没想，就把匡老师给推荐了。结果，匡老师只得一票，部分同事还以为是他自己推荐自己。

傍晚，孙畅在办公室里加班。匡老师大步走进来，一拍桌子，说："老孙，这恋爱没法谈了。"孙畅抬起头，问："什么情况？"

"你看看吧，"匡老师把上衣捞起来，"简直就像扒冬虫夏草。"

孙畅看见匡老师的背部、胸部全是纵横交错的爪印。他想到的第一个词就是"伤痕累累"。他问："你养宠物了？"匡老师把衣服砸下来，说："什么狗屁宠物？这都是女恐怖分子的杰作。"

"怎么会抓成这样？"

"电影看了，海水泡了，鲜花送了，甜言蜜语也灌了。但是，她竟然不让我碰她，还骂我耍流氓。"

"你是不是太急？"

"都两个月了！你说这年代，还有谁谈了两个月没身体碰撞的？老孙呀老孙，人家两分钟干成的事，我两个月都没干成，算是对得起你了吧？"

"纠正一个字，你对得起的是她，不是我。"

"别以为我看不出来，她爱的人姓孙。"

"不是爱。"

“不是爱她干吗要到海边去追你们？”

“在海边，不是巧合吗？”孙畅真的糊涂了。

“她坚决要去，义不容辞，可到了海边，连门都不出，每天就站在阳台，像个军事专家那样举起望远镜。开始我以为她在看地形，准备跟对面打仗。后来碰到你，我才知道她在找人。”

“怪不得那天你嘴巴张得比鲨鱼的还大。”孙畅忽地皱起眉头，“问题是，她怎么知道我的行踪？”

“不是你告诉她的吗？”

“我没事找事呀？躲都躲不急，就差移民了。”孙畅提高嗓门。匡老师的双手下压，不停地按着空气。他说：“你是不是在躲债？”

“算是吧。”孙畅忽然来了个低八度。

“所以，你们就想尽快把这笔债转到我的名下，也不管她正不正常，是不是神经病？”匡老师一边质问一边拍打桌子。

“我们以为……你能感化她。”

“丢你个老母。原来你们是拿我去堵枪眼，还讲不讲人权呀？”匡老师拍打桌子的手立刻变成拳头，朝孙畅挥去。孙畅的脸一歪，嘴角流出血来。他抹了一把嘴角，说：“你这么做，还怎么跟学生讲德育？”

“现在，我想跟他们讲决斗。”

匡老师气冲冲地走了。孙畅忽然对着墙壁咆哮：“那我的委屈呢，又该向谁发泄？我好心救命，凭什么还要添这么多烦恼？我又不欠谁，干吗跟我要婚姻？救命时说的话能算合同吗？如果这也算，那骂人的话就该当法律。你们，都把垃圾扔到我这只桶里，难道我就那么能装？告诉你们，我也想找个地方，把这口恶气吐出去……”

骂着骂着，他啐了一口唾沫。

## 17

孙畅问小玲：“是不是你告诉麦可可的？”小玲说出发前两天，曾在小区里遇见过麦可可，因为没话找话，就问她愿不愿意去海边散心？没想到她竟然当真了。那绝对只是一句礼节性的邀请，无论从表情或者语调都判断得出来。孙畅一下瘫在床上，像被谁定格似的久久不动。小玲挠他的胳肢窝，他没一点儿反应。小玲又挠他的脚板心，他还是没动。他好像已经变成了一块床板。小玲俯身吻他。他推开小玲，说：“难道你还看不出来吗？我被人爱上了。”

小玲把他从头到脚打量一遍，然后抓起一面镜子举到他面前。他看着镜子里的脸，说：“原来是个帅哥，难怪那么抢手。”小玲把镜子贴近，给他一个大特写。他闭上眼睛。小玲说：“为什么不看鼻头？不仔细看还以为是大蒜。为什么不看鬓角？年龄都被花白暴露。你也太把自己当人才了吧？”

“没准儿人家爱的就是人才？”孙畅闭着眼睛说。

小玲一撇嘴：“别太自恋了，把你当人才的脑子都有问题。”

“难道我是自作多情？”孙畅仍然闭着眼睛。

“你本来就不应该打开这个病毒！”小玲忽然呐喊，把镜子砸到地板上。孙畅睁开眼，飞快地坐起。地板上全是镜子的碎片。小玲的脸黑下来。卧室里的空气搞得很紧张。窗外，天空乌云翻滚，就差一道晴天霹雳。孙畅把小玲揽在怀里，轻轻抚摸她的后背。手掌一上一下，他感受到了脊背轻轻的震颤。一滴泪从小玲的眼眶率先掉下，接着就是数不清的眼泪。她说：“什么世道呀？连爱情都活偷活抢。早知如此，当初还不如不救她。她的命是命，难道别人的命就不是命了吗？就不怕我也会站到楼边边上去？有没有同情心呀？”

“其实，我们对她的生命完全可以不负任何责任。”

孙畅拉开床头柜抽屉，找出那份《保证书》递到小玲面前。《保证书》上写着：“如果营救麦可可失败，责任不属于孙老师。”上面有日期，有郑石油和蒋警察的签名。小玲的泪水立刻止住。她三下两下，把淋湿的脸蛋打扫干净，揣着《保证书》跑出去。孙畅从卧室追出来，说：“我去给你保驾护航。”

他们来到麦可可家。地板上像刚下了一场雪，全是照片的碎屑。孙畅和小玲踮起脚后跟走到沙发边坐下。他们发现茶几上还码着一摞新照，第一张就是麦可可与匡老师在海边的泳装合影。麦可可拿起照片，又撕了起来。照片上的匡老师和她都被肢解了，他们的脸和腿分别落在茶几的两边。小玲说："这么和谐的照片，你也舍得撕？"

麦可可撕得更起劲儿。她说："为什么性不能在婚姻之后？"

"没有谁规定在婚姻之前。"小玲说。

"那他为什么要逼我？他明知道我被男人骗过，为什么就不能等到结婚那天？他不是来爱我的，而是想吃免费午餐。"

小玲说："从免费开始，然后再为一生买单，这就是爱情。"

"那当初你和孙老师，也是从免费开始的吗？"

"我们那时，没现在这么开放。"

"我要的是爱情，又不是开放。他如果能像孙老师对你那样对我，那今天我就不至于坐在这里撕照片。他比不上孙老师的一个小指头。孙老师幽默，他油腔滑调；孙老师稳重，他放荡；孙老师喜欢谈精神，他却三句不离肉体……"

"孙老师再好，那也是别人的丈夫。"小玲打断她的对比。

"所以，我一直在拍脑袋，提醒自己不要拿孙老师当标准。可是，我把脑袋都拍痛了，还是做不到。"

小玲掏出那份《保证书》。麦可可接过去看。小玲说："孙老师只是个救命的，没能力再救你的爱情。他的任务已经完成，希望你别再干扰他。”麦可可把《保证书》甩到茶几上，说：“这是郑石油签的字，又不是我签的。”孙畅说：“谁签都一样。反正它能证明不是我主动要跟你套近乎。我没那么善良，也没闲心跟你练口才，都是被他们逼的。”麦可可指着《保证书》上那行字，说：“如果营救失败，你可以不负责任。问题是你没有营救失败呀。既然你没让我死成，那就必须负责到底。凡是你答应过的，都应该算口头合同吧。”

“你……”小玲气得扬起了巴掌。孙畅赶紧把她抱住。

## 18

孙畅在网上发帖，寻找愿意换居的户主。一星期之后，他在小玲上班的医院附近找到了一家。那是一幢老楼，外表虽然斑驳，但也可以说它历史悠久。楼梯尽管破旧，还堆满了杂物，但它能催人回忆。户主姓梅，梅花的梅，太有诗意了。房子在第三层，不用爬得上气不接下气。整套房子的面积比他家约小两平米，这的确是个差距，但可以用“小玲上班方便”来弥补。每个房间都有瓷砖破裂的现象，但也可以忽略不计，眼睛是用来读书的，谁会持久地盯住瓷砖不放？室内灰暗，一是采光不好，二是墙壁偏脏，但可以用“更换灯泡和重新刮墙”来解决以上难题。沙发是仿皮的，虽然脱了一层壳，但不影响坐姿，更不影响休息。橱柜的两扇门虽已歪斜，幸运的是燃气灶还能点火，抽油烟机尚能转动。孙畅在看房的过程中，就已经把自己给说服了。

当晚，孙畅让小玲在电脑上翻看那套房子的照片。由于他拍的大都是局部，所以小玲没发现房子的缺点，反而看到了阳台上的鲜花、客厅的吊灯、卧室的窗门和卫生间的瓷盆。把这些闪亮的镜头一综合，小玲得出结论："房子不错。"说："面积比我们家还多两平。"

"为什么要换居？我可不想占人家的便宜。"

孙畅指了指对面的楼房，说："唯一的办法就是躲，否则她会把我俩也培养成疯子。"

"凭什么？我就不信合法的还怕非法的。过去让着她，那是怕她撞地板。现在她雄赳赳气昂昂，公开跟我抢老公了。我要是再不举起手术刀，她还以为我这个医生是假的。"

"不可能跟一个疯子讲逻辑。"

"什么疯子？我看她是装疯！"

小玲无意撤退。她给每个房间都换上了更亮的灯泡或灯管。只要在家，她就敞开屋门，把电视机的音量调到最大，既像宣示主权又是故意挑衅。孙畅每天回家的第一件事就是关门，接着是关电视，然后再关那些用不着的电灯。一天傍晚，孙畅刚把卧室的灯关掉，小玲立即跑过来把灯打开。两人一关一开，灯光忽亮忽熄，闪了几十下之后就再也不亮了。尽管卧室一片昏暗，但开关仍然“吧嗒吧嗒”地响着。两只手不断重复，只为按开关而按开关，完全忽略了天花板上的灯早已烧瞎。孙畅说：“难道你不觉得我们的行为很像疯子吗？”小玲悬在开关上的手像遭电击，忽然停住。孙畅继续说：“发疯一定是在不知不觉中，就像今晚我们比赛按开关，就像那天，你一会儿挠我胳肢窝，一会儿砸镜子，一会儿哭，情绪一时数变。”

“我只是生气，我很正常。”小玲说。

“再正常也顶不住她的胡搅蛮缠，相信我，发疯也会传染。”

“那你的意思是我们还得当逃兵？”

孙畅在黑暗中点了点头。他们开始利用茶余饭后的时间打包，书柜和衣柜慢慢被腾空。一星期下来，客厅里到处都是纸箱，有好几摞已经码到了天花板。夜深了，他们还蹲在纸箱中间捆着绑着。忽然，门铃响了。小玲警觉地：“是她。”孙畅说：“别吭声。”两人又低头绑手里的纸箱。他们绑了一道又一道，直到把一卷绳子全部绑完。打结的时候，他们才发现纸箱已被绳子覆盖，就像草绳覆盖螃蟹，于是都笑了。门铃又响了一下。小玲起身开门。麦可可走进来，看了看零乱的客厅，说：“你们要搬家呀？”

孙畅说：“不、不是，是清理废旧物品。”

“你们家的废品真不简单。”

麦可可坐到纸箱上。小玲像盯贼似的一直盯着她。她似乎也感觉到了不友好的气氛，屁股还未坐稳又站起来。孙畅问："有事吗？"她弱弱地说："我是来跟你们告别的。"

"去哪儿？"孙畅有些惊讶。

"我爸已经签字，这辈子他就为我签了这一次。"

"是移民吗？"孙畅问。

麦可可摇头，说："是去康乐医院。"

孙畅和小玲都有些意外，同时也有了几分轻松。孙畅说："也许这是个明智的选择。"麦可可说："我这么做，并不是因为我真的患了精神病。我想跳楼，是因为郑石油一直不跟我结婚；我割手腕子，是因为你们没帮我找到那个骗子；我跟你们要婚姻，那是因为孙老师曾经斩钉截铁地向我保证。我的所有要求其实都有根据。"

"那你干吗还要去康乐医院？"小玲问。

"因为我不忍心破坏你们的家庭。"

小玲说："这和我的家庭八竿子都打不着。"

"有因果的，"麦可可忽然激动，但立刻压低嗓门，"就算没关系吧，反正我已经决定去医院了。我这么决定，是不想再打扰你们。放心吧，我会好起来。你们，其实没必要搬走，何必弄得那么辛苦？"

孙畅说："看到你能控制情绪，我很高兴。"

“孙老师、小玲姐，除了你们，我没什么人值得告别。拜拜。”

麦可可转身走了。直到她的脚步声彻底消失，孙畅才把门轻轻关上。小玲说：“她要是早点儿觉悟，我们就不用绑这么多纸箱了。”

## 19

生活平静了两个多月。孙畅和小玲基本不提麦可可。这天，一家三口坐在餐桌边共进午餐。他们的面前分别摆着：一盘每百克含蛋白质 23.3 克的鸡肉、一盘有生血功能的菠菜、一盘防癌的红薯，外加一碗解表散寒的香菜豆腐鱼头汤。正当他们吃得起劲的时候，邮递员给小玲送来了一封特快。她把特快打开，里面躺着一把钥匙，还有一封信。信是麦可可写的，她拜托小玲抽空帮她开开门窗，淋淋盆栽，让家里保持透气和生机。小玲被这份信任感动得鼻子发酸。

下午，小玲和孙畅打开了麦可可的家门。他们推开所有的窗户，让光线和空气进来。阳台上，盆栽全部都枯死了，一片灾后景象。小玲惋惜地说：“没得救喽。”孙畅拿起花洒，往枯干的盆栽上淋水。他每淋完一壶，就会拈起盆里的泥土，放在手掌里搓搓，看看它们是否已经湿透。一盆淋透了，他才淋下一盆。每次来给房间放风，孙畅都这么坚持着。小玲说：“一个人不断地往枯死的盆栽上洒水，请问这是什么人？”

“疯子。”孙畅回答，“但是，也许它们能活过来。”

孙畅淋了两个星期的水，一盆迷你蕨类盆栽由黄变绿，枝叶渐渐舒展，先后扬起。它竟然复活了！孙畅举起这盆唯一复活的植物，请示小玲：“我们是不是应该去看看她？”小玲说：“其实，我天天都在想她，只是不愿意相信而已。”

他们按照信上的地址，找到了康乐医院。医生告诉他们，麦可可不像一个病人，甚至连药都不用吃，大部分时间都在散步看书。医生让孙畅和小玲在接待室等着。不一会儿，麦可可推门而入。她惊喜地扑过来，同时搂住孙畅和小玲，说：“总算有人来看我了。”三人相互拍了拍肩膀，然后分别落座。麦可可的脸红扑扑的，眼睛里没有乌云。孙畅从包里掏出那盆蕨。麦可可双手捧接。她把鼻尖凑到叶子上，深深地吸了一口气，吸得蕨的枝叶都抖动起来。

小玲说：“妹子，该出院了吧？”

麦可可说：“我还不能完全克制，有些想法还不能从脑子里清除，比如，我为什么要活着？”

孙畅说：“要弄清这个问题，恐怕你得在这里待一辈子。”

麦可可说：“不想清楚，我就不敢出去。我一直认为，活着就是为了得到爱情。可是，医生们都给我的试卷打叉叉。他们说只为一件事而活，很容易走极端，也就是说假如这件事没办成，就会产生悲观情绪，甚至有轻生的念头。”

“那医生们有没有正确答案？”孙畅问。

“牛医生说，想活着就别想事，一想准得死。”

孙畅说：“我不同意这个观点。”

“马医生说就像投资，不能只投股票，还必须分一点钱来投资楼市、黄金，甚至投资感情。这样一来，即使某个投资亏损了，别的投资还可以弥补。他说一个人要为自己多找几份活着的理由，就像多找几份兼职。只有这样心理才会平衡。”

孙畅说：“我同意。活着的理由就是不为一个理由活着。”

“说得真好！”麦可可由衷地赞叹，“但是，要相信起来却不容易。如果哪天我能说服自己，真的相信这句话，那你们就可以来接我了。”

小玲说：“到时我们租一辆高档轿车，像别人接新娘那样来接你。”

“谢谢！”

彼此又说了一会相互鼓励的话，孙畅和小玲就起身告辞。幸好他们还能赶上末班车。由于这是郊区，坐车的不是太多，小玲尚能靠着孙畅的肩膀。他们的身子随着汽车晃荡，似乎把刚才压抑的情绪也一同晃走了。小玲问：“孙畅，你为什么而活着？”

孙畅说：“为了你和孙不网能过上有尊严的生活。”

“其实这就是爱情，只不过附加了一个结晶。也许，麦可可的想法没错。”

孙畅反问：“那你活着的理由是什么？”

小玲说：“为了给你和孙不网洗衣服、煮饭。”

“我们的理由都不崇高，和年少时的想法大不一样。”

“但是实用。”

“什么都讲实用，包括理想。你说，世界上还有多少人在问活着的理由？”

“不知道。也许有百分之五十的人会问，也许只有百分之十，也许就麦可可一个人。为什么问这个问题的人会发疯呢？”

“所以，牛医生的处方才是真高明，只是我不愿承认。”

汽车在他们的讨论声中“哐啷哐啷”地前行。他们很快就看见了城市的灯火。眨眼间，暮色就要降临。他们透过尾窗望去，康乐医院的上空还有一抹余光。余光里飘着一团棉絮似的云。

## 20

午睡的时候，孙畅做了一个梦。他梦见麦可可又站到了对面的楼顶，冲着窗口喊他的名字。他吓得当即坐了起来，发现小玲也跟着醒了。虽然不在梦里，他却还能听到梦里的声音：“孙畅，你要是再不给我婚姻，我就真的跳下去了。”

小玲飞箭似的扑向窗台，拉开窗帘。孙畅看见麦可可穿着病号服，怀抱那盆迷你蕨，站在对面楼顶的护栏上。她头发凌乱，五官扭曲，正对着这边咆哮。原来是真的！时间仿佛被谁倒了回去。孙畅的脑袋轰地炸了。他像另一支箭射到窗口，喊："非得跳吗？还有没有别的选择？"

麦可可说："别像前次那样骗我，我已经不信你了。"

"想知道我们为什么而活着吗？"

"我只为爱情，别的理由都进不来。"

"因为我们随时可以死，所以才敢活着。"

麦可可一愣，仿佛被触动。孙畅说："什么叫作随时？就像你拿着一个遥控器，主动权在你手里，想关就关，想开就开。既然你有主动权，为什么不可以把死先放一放？就像存钱那样先放在银行，存它个几十年的定期，不到万不得已绝不使用。"

"已经万不得已了。"麦可可轻轻一跺脚，差点闪下去。

孙畅说："别着急，深呼吸，也许你可以先闻闻盆栽，也许我们可以先听听音乐。"说着，他拍响了钢琴。琴声节奏混乱，高低音不准，仿佛被手掐住，手松时声音流淌，手紧时声音断流，但勉强还能辨别它们改编自《月光奏鸣曲》。麦可可似乎在听。孙畅吃力地弹着，反反复复就那么一小段。麦可可忽然尖叫。孙畅说："对不起，我没学过，我只能凭记忆，模仿你弹到这里。"

“你在浪费时间。”麦可可说完，手一松，盆栽直直坠落。她的目光被盆栽牵引。她的身子也慢慢斜出了栏杆，仿佛要去追赶那盆蕨。小玲吓出一声惊叫，说：“妹子，你别跳，我们可以给你婚姻。”

麦可可倾斜的身子刹住，回调，重新垂直在栏杆上。孙畅看着小玲。小玲已泪流满面。麦可可抬头看过来。孙畅说：“听见了吗？只要你不死，我们就给你婚姻。”

麦可可说：“你骗人。”

“要怎么做你才相信？”孙畅问。

“发誓。除非你们举手发誓。”

孙畅举起右手，说：“我发誓。”

“还有小玲姐。”

小玲把左手慢慢举起，轻轻地说：“我发誓。”

麦可可看着窗后两只庄严的手，犹豫了一会儿，才从栏杆上小心地爬下去，回到屋顶平台。小玲的双腿一软，身子歪斜。孙畅及时把她抱住，不停地叫着小玲小玲……他用手指探了探她的鼻孔，好像已经没有呼吸。他掐她的人中，为她做人工呼吸。她的嘴唇微微一抽，鼻孔里喷出一丝弱气。他的嘴唇没有离开，而是轻轻地吻了起来。她的嘴唇有了响应，舌头也动了。两张为了呼吸的嘴纵情狂吻，好像要把一生的吻全都用完。

## 21

夜深了，风有些冷。孙畅还伏在楼顶的栏杆上，看着对面的窗口。一共两个半星期，总计17.5天，窗门始终闭着，窗帘也不打开。但是，每当天黑，总会有光从窗帘的边边像水或像琴声那样漏出来。那些光非常非常暖和，把整个窗口烧热，甚至烧出了光芒。从这个角度看，他才发现窗口美得揪心。它有一股磁铁的力量，直接扯着他的心脏。每天晚上，他都会站在这个位置，这个麦可可曾经想跳楼的位置，持久地看着那扇窗口，经常会看到天亮。窗口像一张银幕，不断地闪现他过去的生活：他像投降那样举起两只出汗的手掌，他和小玲在床上翻来覆去，麦可可教孙不网弹琴，两个人在墙壁上比赛按开关……但是，他看见次数最多的画面，就是自己和小玲在窗框里肩并肩地举手宣誓，像一张永久的合影。那两只分别举起的庄严的手，仿佛就是人类最后的希望。

漆黑的身后传来脚步声。孙畅没有回头。脚步声越来越近。他仍然没动。一件大衣落在他的肩头，他的身子吓得一抖。

“回家吧，老公。”

这个声音比小玲的嗲，是麦可可发出来的。

# 不要问我

## 1

正处在睡眠中的卫国，梦见自己的臀部被一只硕大的巴掌狠狠地拍了一板。他翻了一个身，想继续做梦，但臀部又挨了一巴掌。他睁开眼，看见顾南丹的手高高地扬着，快要把第三个巴掌拍下来了。卫国说我还以为是做梦呢。顾南丹说到站了。

所有的旅客都往门边挤。卫国跳到下铺穿好鞋，弯腰去拉卧铺底下的皮箱。但是，他把腰弯下去了却没有直起来。他的头部钻到了卧铺底，整个身子散开，再也没有力气爬起来了。顾南丹拍了他一下，说怎么了？卫国的头从里面退出来，额头上全是汗。他说我的皮箱呢？我的皮箱不见了。顾南丹弯腰看了一下，没有看见皮箱。她说是谁拿走了你的皮箱？顾南丹扑到车窗边，望着那些走下车厢的乘客，重点望着乘客手里的皮箱。

卫国的心脏像被谁捏了一下，紧得气都出不来了。他从车窗跳下去，追赶走向出口的人群。他的目光从这只皮箱移向那只皮箱，一直移到出口，也没发现他的那只。他又逆着出去的人流往回走，眼睛在人群里搜索。人群一点一点地从出口漏出去，最后全都漏完了，站台上只剩下他孤零零一个人。他坐过的那列车现在空空荡荡地驶出站台，上面没有一个旅客，下面也没有一个旅客。他看了一眼滚动的车轮，想一头扎到车轮底下。但是那会很痛，还不如选择一种不痛的。

当列车的尾巴完全摆出去后，卫国看见顾南丹还站在列车的那边，她的脚下堆着行李，身边站着一个男人。卫国想她为什么还不走？顾南丹笑了一下，朝他挥手。卫国想她怎么还笑，都什么时候了她还笑？她一笑，我的双腿就软。卫国蹲到地上。顾南丹和那个男人拖着行李朝他走来。顾南丹指着那个男人说，张唐，我的表哥。张唐向卫国伸出一只大手。卫国没有把手抬起来。张唐的那只手一直悬而未决。顾南丹也伸出一只手。他们每人伸出一只手，把卫国从地上拉起来，然后托着他的胳膊往外走。从顾南丹咬紧的牙关，我们可以断定卫国现在并没有用自己的力气来走路，他的胳膊和大腿都僵硬了。

他们把他架到车站派出所，让他坐到条凳上。值班警察杜质新拿出一张表格，开始向他们问话。杜质新说是什么样的皮箱？卫国比画着，说这么大，长方形的，棕色。顾南丹补充说皮箱上有两把密码锁，是他爸爸留下来的，知道他爸爸吗？卫思齐，著名核能专家，参加过中国的第一颗原子弹爆炸试验。顾南丹以为杜质新会对她的话题加以重视，至少也应该露出一点儿惊讶。但是没有，杜质新平静地问里面有些什么？卫国说有现金、证件、获奖证书和衣裳。杜质新说多少现金？卫国说三万。杜质新说怎么会有那么多现金？卫国说那是我的全部家产，我把几年的积蓄全部领了出来。杜质新说有那么多吗？卫国从凳子上站起来。顾南丹想他怎么有力气站起来了？刚才连路都不会走，现在怎么呼地一下站起来了？是愤怒，他的脸上充满了愤怒，出气粗壮，身体颤抖。他说怎么会没有？请别忘了，我是工业学院的教授，堂堂一个教授，怎么会没有三万块钱？

没有愤怒就没有力气。卫国一说完，就像一只漏气的皮球，重新跌坐到条凳上。杜质新说看来你们学院的奖金还不少。既然有那么多奖金，还来这个地方干什么？卫国说这个可以不回答吗？杜质新一合笔记本，说可以，就这样吧，有消息会及时告诉你。

## 2

张唐走出派出所，顾南丹也正在往门外走去。他们就这样走了，背影一摇一晃，还相互拍着肩膀，只留下卫国一个人坐在派出所的条凳上。看着他们远去的背影，卫国很想跟他们说一声再见。但是他的舌头发麻了，张了几下嘴巴都发不出声音。随着顾南丹他们的身影往外移动，卫国感到环境正一点一点地残酷起来。我是不是跟顾南丹借点儿钱？她会相信我吗？没有钱我将怎么生活？我连晚饭都吃不上。我会被饿死吗？可不可以讨饭？有没有人施舍？身上还有一件衬衣，一双皮鞋，它们可不可以换两餐饭吃？如果要跟顾南丹借钱，现在还来得及吗？卫国抬头看着顾南丹他们走出去的方向，他们的身影已经叠进别人的身影。完啦！卫国的身体里发出一声尖叫。

杜质新说你怎么还不走？想在这里睡午觉吗？卫国说我在这里等皮箱。杜质新说哪有这么快就给你找到皮箱的，找不找得到还是一回事。卫国抬头看着派出所墙壁上的奖状和锦旗，说我没有地方可去，你就让我在这里等吧。杜质新说那你就在这里等吧，看你能等到什么时候。这时，卫国才发现自己的身子在发抖，他把微微颤抖的手伸到杜质新的面前，说烟，能不能给我一支烟？杜质新递给他一支香烟。

狠狠地抽了一口，卫国把吞进去的烟雾咳出来。他试探性地叫了一声杜警察。杜质新看着他，说什么事？卫国说你的烟真好抽。杜质新扬着手里的香烟，说知道这是什么烟吗？卫国摇摇头。杜质新喷了一个烟圈。卫国看着那个慢慢往上飘浮的烟圈，说你能不能先借点儿钱给我？杜质新说，什么？你说什么？

卫国说你能不能借点儿钱给我？杜质新又喷了一个烟圈。现在他的头顶上飘着两个烟圈。他对着那两个烟圈说笑话，我知道你是谁呀？如果你是骗子我怎么办？卫国说我怎么会是骗子呢？你认真地看一看，我像骗子吗？杜质新点点头，说挺像的。卫国说你才像骗子。杜质新从桌子的那边走过来，盯着卫国看了好久，说你说我像骗子？骂我骗子就别抽我的烟。杜质新夺过卫国嘴里的烟，丢进垃圾桶。一股烟从垃圾桶里冒出来。卫国想不就是一支烟吗？我怎么就沦落到了这种地步？如果我的皮箱不掉，一支烟算什么？

杜质新看着冒烟的垃圾桶，说不是我不肯借给你，只是我不知道你是谁。卫国说我是卫国。杜质新掏出自己的证件，说你有这个吗？你能证明你是卫国吗？你能证明你是卫国，我就借钱给你。卫国说你不是不知道，我的证件和皮箱一起掉了。杜质新说那我就没有办法了。卫国站在那里想我不是卫国又是谁？没有证件，我就不是卫国了吗？卫国发了一会儿呆，走出派出所，刚走两步，就觉得双腿发软，于是席地而坐，头部靠在派出所的门框上。行人从他的眼前晃过。他不知道他们是谁，就像他们不知道他是谁。下一步我该怎么办？卫国闭上眼睛，感觉时间飞了一下，也不知道自己飞到了哪里。他让自己的身体放任自流，就像水花四溅，溃不成军。放吧，流吧，我根本就不想把你们收回来。

放纵了一会儿，卫国突然听到有人叫他的名字。睁开眼，他看见顾南丹站在面前正低头叫他。卫国说你怎么还没走？顾南丹说我们一直在等你。等我干什么？等你一起走。我没有地方可走。我给你安排了一个住的地方。我的口袋里一点儿钱也没有。不要你花钱。算了吧，我们只是萍水相逢。如果你真的同情我，就借几百块钱给我，等我一找到皮箱就还你。只是怕你把钱花光了，还没找到皮箱。走吧，我们旅行社有一个宾馆，随你住到什么时候。卫国抬头，看着顾南丹。顾南丹说走呀。卫国说我站不起来，我这里没有一个亲人，在西安也没有，从来没有人对我这么好，突然有人对我好，我就站不起来了。顾南丹说你站给我看看。卫国用手撑着派出所的门框，慢慢地延伸自己的身体，当他快要伸直时，双腿晃了一下，身体滑向地板。顾南丹伸手拉了卫国一把。卫国重新站起来，拍打着屁股上的尘土。

卫国虽然站起来了，但身体却还有些僵硬。顾南丹绕到他身后推了推，就像机器突然发动，他的双腿徐徐向前迈进。为了加快速度，顾南丹又推了他一把。卫国说别这样，你的男朋友会有意见的。顾南丹说谁是我的男朋友？卫国说他不是你的男朋友吗？顾南丹说我不是跟你说过了吗？他是我表哥。卫国啊了一声，仿佛重新有了记忆，跟着顾南丹钻进张唐的轿车。卫国说谢谢，真是太麻烦你们了，如果皮箱不掉，我就可以打的。

顾南丹说可是，现在它已经掉了。

## 3

顾南丹在迎宾馆为卫国开了一间房。卫国跟着顾南丹走进房间。她按着墙壁上的一个开关说，这是空调开关。她走到床头，指着床头柜上的一排开关说，这是电视开关，这是门铃开关，只要按一下，就可以不受门铃的干扰。这是电话，拨一下9，就可以打外线电话，有事可以拷我的BP机。如果要打长途必须到总台去交押金。这是壁柜，里面有晾衣架，衣服可以挂在里面。这是拖鞋，这是卫生间这是马桶，这是卫生纸，这是梳子香皂浴巾淋浴开关，这是洗发液，这是沐浴液，记住千万别搞混了。正说着，顾南丹突然大笑，笑得腰都弯了下去。卫国发现她在尽量抑制笑声，但是笑声却势不可挡地从她嘴里冒出来。卫国以为自己忘了拉上裤裆的拉链，对着镜子检查了一遍自己，没发现什么可笑的。但顾南丹仍然笑个不停，她笑着说有的人，特别可笑，他们……竟然拿洗发液洗身体，拿沐浴液洗头发，身体又不是头发，想想都觉得……卫国想这有什么好笑的？这一点儿也不好笑。

傍晚，宾馆服务员给卫国送了一份快餐。卫国几大口就吃完了。吃完之后，卫国摸着鼓凸的肚子想回忆一下快餐的味道。

但是他怎么也回忆不起来，快餐根本就没有味道，快餐有味道吗？没有，就像木渣，没有任何味道。卫国想我的鼻子是不是出了问题？他跑进卫生间，坐到马桶上。坐马桶有气味吗？没有。

在没有任何气味的房间里，卫国沉沉地睡了一觉。第二天早上睁开眼，他最先看见搁在床头柜上的电话。一看见电话，他的手就痒，就想给谁挂个电话呢？顾南丹？杜质新？他想还是先给杜质新挂吧。杜警察吗？我是卫国。卫国？卫国是谁？是昨天报失皮箱的人，是想跟你借钱的人，是教授的那个人。啊，想起来了。我想问一问皮箱找到了吗？放屁也没这么快呀，你就耐心地等吧。卫国放下电话，看见一个牛仔包静静地立在沙发的角落。这是顾南丹的牛仔包，昨天她没拿走，会不会是留给我的？卫国小心翼翼地打开，里面是化妆品和一些洗漱用具。不是留给我的。他把鼻子伸到包口嗅了嗅，嗅觉功能还没有恢复。但是他看见了那把缠满头发的牙刷。他掏出牙刷，把上面的头发一根一根地解开，然后又一根一根地缠上。解开。缠上。卫国就这样打发了一天。

第二天早上醒来，卫国搓搓手，一再提醒自己不要操之过急，不要给杜质新打电话。那么，现在我干什么呢？他拉开窗帘，在房间做了四十个俯卧撑，泡了一个热水澡，看了一会儿电视，所有的动作都比平时慢半拍，故意不慌不忙，但心里却一直惦记着电话。他的手又痒了。现在看来右手比较痒，他用左手掐住右手，想拖延一下时间，仿佛越拖延越有可能听到好消息。可是，他的右手不听左手的劝阻，急猴猴地伸向电话。电话拨通了，杜警察吗？我想打听一下我的皮箱。杜质新说这就像大海里捞针，你要理解我们的难处，这比登天还难。那么说你们是不想找了？不是我们不想找，实话告诉你吧，是根本就找不到。那怎么办？我的全部家产，我的全部证件，你得帮我想想办法。我只能对你表示同情。

对方把电话挂断了，卫国举着话筒迟迟不肯放下。他发现床头柜上放着一盒火柴，打开数了一遍，一共有二十根。这是宾馆里特制的火柴，是专门为二十支香烟服务的。他把火柴棍向着房间的四个角落撒去，火柴盒空了。他开始弯腰在角落里找那些撒出去的火柴棍。他发誓要把它们全部找回来。如果我能把这二十根火柴棍全部找齐，那么杜警察就没有理由找不到我的皮箱。由于角落里摆着桌子、衣柜、沙发，他必须搬动它们。于是他的头上冒出了汗珠，身上愈穿愈少，最后只穿着一条裤衩，像一个正在做家具的民工，正努力地使那些家具摆得整齐有序。

这样忙了半天，他躺在床上就睡着了。醒来时，也不知道是什么时间，窗外阳光像火一样烤着马路。他没有放弃希望，又给火车站派出所挂了一个电话。对方问他找谁？他说找杜质新。对方说他已经调走了。卫国一惊，说他调走了，那就拜托你接着帮我侦破，忘了告诉你们，我的皮箱里还有一个重要证件。什么证件？政协委员证，我是政协委员，请你们一定要对一个政协委员的皮箱负责。对方啊了一声。卫国说记下了吗？对方说记下什么？卫国说请打开你们的记事本第十五页，在我的遗失物品后面补上政协委员证一本。对方说记下了，你的名字叫卫国吗？卫国说没错。

## 4

天刚发亮，卫国就来到市人事局门口。还没有到上班时间，他只好站在门口等。等了几秒钟，他的身后站了一个人，两个人，三个人，站在他身后的人愈来愈多。他已经数不清是多少个了。一个小时之后，人事局的大门打开，卫国第一个冲到三楼处级招聘考试报名处。

接待者说请你出示一下有关证明。卫国摸了一遍衣裳，说我的所有证件都装在皮箱里。接待者说请你打开皮箱，把证件拿出来。卫国说我的皮箱在火车上被盗了。接待者说没有证明就不能报考，我们不可能让一个不明不白的人报考处级干部。卫国说我是不明不白的人吗？接待者说我只是打个比喻。卫国说可是我的皮箱真的掉了，我的皮箱里不仅装着证件，还装着三万多块钱。接待者说多少？卫国说三万。接待者摇摇头，说不可能，这么重要的皮箱怎么会掉？卫国说可是它真的掉了，里面不仅有钱，还有政协委员证、教授资格证，有人可以为我证明。接待者说你的皮箱与我无关，我只要能够证明你的证明。卫国说要证明这个容易，你知道牛顿吗？接待者摇摇头。卫国说牛顿是力的单位，使质量一千克的物体产生一米每平方秒的加速度所需的力就是一牛顿。一牛顿等于十的五次方达因，这个单位名称是为纪念英国科学家牛顿而定的，简称牛。这个牛，能不能证明我是物理系的教授？接待者哈哈大笑。卫国说如果你不信，我还可以用英语跟你对话。接待者说下一个。

卫国回头，看见身后排着一条长长的报考队伍。他们的手里要么摇着扇子，要么摇着杂志，反正他们的手都没闲着。卫国从办公室里走出来，才发现这支报考者的队伍从三楼排到一楼，又从一楼排到马路上。卫国已经走到马路上了，还没有看到队伍的尾巴。报考者们贴着楼房一直往下排，排到路口处还拐了一个弯，就像一条河流在那里拐了一下。阳光直接晒着楼外这群人的头顶。他们大部分是秃顶，一看就像处级干部。他们手里的扇子像虫子振动的翅膀，摇动的速度比室内的那些人要快一倍。有的人干脆把扇子顶在头上，充当遮阳伞。

卫国对着那些排在楼底下的人喊，有没有从西安来的？排队的人全都把头扭向他，他们顶在头部的扇子纷纷坠落，但没有人应答。这时他感到额头上有一点儿冰凉，一点儿冰凉扩大成一片冰凉，一片冰凉发展为全身冰凉。排队的人群出现混乱，有的人从队伍里跑出来躲到屋檐下。卫国抬头望天，雨点砸进他的眼睛。他在屋檐下找了一个地方。有一个人挤到他身边，说我是从西安来的。卫国说那我们是老乡？我的皮箱掉了，一分钱也没有了，证件也全没了。老乡摆摆手说我不是西安的，我是宁夏的。他一边说一边冲进雨里。卫国看见在瓢泼的大雨中，还有人在坚持排队。因为雨的作用，队伍缩短了一大截，坚强的人因而离报名处愈来愈近。那些怕雨的躲到屋檐下的人，看见排在自己身后的人挤了上来，又纷纷跑入雨中抢占自己的位置。但是他们已回不到原先的位置，那位先称西安后说宁夏的人，就排到了队伍的尾巴上。

卫国走入雨中，让雨点像皮鞭一样抽打自己。地上蒸起一阵热浪，雨点出手很重，卫国有一种遍体鳞伤的感觉。他的眼睛和嘴巴里灌满雨水。当他走到宾馆门前时，雨点来势更为凶猛，把门前的棕榈树打得噼里啪啦地响，几盆软弱的海棠已经全被打趴。他离宾馆只十步之遥，但却不走进去，像一根孤独的电线杆站在雨里，让雨鞭抽打。几个大堂的服务员跑到门口，看见卫国裤裆前有一巴掌宽的地方尚未被雨淋湿，现在正被雨水一点一点地侵吞。有人向他递了一把雨伞，他未接。雨伞落在地上，被风吹到离他十米远的地方躺着。所有的服务员都朝他招手，有的还急得跳来跳去。她们说你这样淋下去会出人命的。

卫国像是没有看见，也像是没有听见。在雨水的冲刷下，衣服和裤子紧紧地贴到卫国的肉皮上，他的身体渐渐地缩小，愈来愈苗条。

半个小时过去了，一个小时过去了，一个小时又三十一分钟过去了，雨水终于打住。卫国走回宾馆，他走过的地方留下一条粗糙的雨线，一个服务员拿着拖把跟着他走。他走一步服务员就拖一下地板。卫国的全身没有一处是干的。他把衣裤脱下来拧干，挂到卫生间里，想还是好好地睡上一觉吧。他刚睡下，就听到一阵门铃声。他以为是服务员要打扫卫生，按了一下“请勿打扰”。门铃声消失了，门板却急促地响起来。卫国跳下床，从猫眼里往外看，看见顾南丹手里提着一个塑料袋站在门外。卫国想糟啦，现在连一件可穿的衣服都没有。他抓了一条浴巾围到身上。

顾南丹从塑料袋里掏出一沓衣服，说穿上吧。卫国说不穿。顾南丹说服务员打电话告诉我，说你淋得像个落汤鸡，穿上吧，不穿会感冒的。卫国双手抓着浴巾，站在地毯上发抖。顾南丹看见他的嘴唇都已经发紫了。顾南丹说难道要我帮你穿上吗？卫国说我的皮箱里有许多衣服，全是名牌，有一套法国的黛琳牌，两件日本的谷里衬衣，我只穿自己买的衣服。顾南丹说你的皮箱找到了？卫国说没，那么好的衣服都丢了，现在我连穿衣服的心都没有了。顾南丹说我买的服装比你的牌子还有名。卫国说不是名不名牌的问题，而是自我惩罚的问题，除非找到我的皮箱，否则我再也不想穿衣服了。顾南丹坐到沙发上，说你会感冒的。卫国抽了一下鼻子，身子愈抖愈厉害。

顾南丹打开一件衬衣的纸盒，又打开塑料袋，拿下衬衣上的别针，把衣服披到卫国的身上。一股浓香扑入卫国的鼻孔。他嗅到了顾南丹身上特有的气味，这种气味使他快要跌倒了。他抱住顾南丹。顾南丹发出一声惊叫，脑袋缩进肩膀，双手合在胸前，身子比卫国还抖。卫国说你好香，然后用他的嘴巴咬住顾南丹的嘴巴。卫国说南丹，我想和你睡觉。顾南丹把嘴巴从卫国的嘴巴里挣脱出来，说你好流氓。卫国心头的伤疤，现在被狠狠戳了一下，颤抖于是加倍了。他在颤抖中沉默，沉默了好久，才小心翼翼地说如果不是我父亲，我不敢这样。顾南丹说这和你父亲有什么关系？卫国说我一直保存着父亲的一封信，信上说如果哪一位姑娘给你买衬衣，又愿意把衬衣穿到你身上，那么你就娶他为妻，这样的女人一定是贤妻良母。顾南丹说骗我，一个搞原子弹的人哪会有这么浪漫？卫国说别忘了，他留过苏。顾南丹说信呢？让我看看。卫国低下头，说你又不是不知道，我的皮箱丢掉了，信就在皮箱里，它们一起丢掉了。

## 5

卫国只穿着一条裤衩在房间里走来走去，他不出门，也拒绝穿顾南丹给他买的衣服。顾南丹临走时用那个牛仔包把卫国湿透的衣服席卷而去，并留下一句话：你什么时候把我买的衣服穿上了，我就什么时候来看你。卫国说除非我能找回皮箱。顾南丹说那你就等着皮箱从天下掉下来吧。

一天晚上，正在弯腰捡火柴棍的卫国听到房间里铃声大作。铃声是欢快的，他想这一定是一个好消息，也许是关于皮箱的。卫国扑到床头拿起话筒，电话却忙音了。卫国耐心地等着，相信它还会响第二次。等了好久，电话没响，卫国后悔刚才因为捡火柴棍没能及时把脑袋从柜子后面退出来，因而耽误了接电话的时间。他看着手里的十几根火柴棍，想我再也不能捡火柴棍了，我这是玩物丧志。他把火柴棍丢进纸篓，也想把顾南丹遗忘在床头柜上的那把牙刷丢进纸篓。他举起缠满发丝的牙刷，电话铃再次响起来。他迅速抓起话筒，听到顾南丹说快下楼吧。下楼干什么？我带你去见一个人。我的衣服呢？我不能赤身裸体地去见人吧？我不是给你买新的了吗？对，对不起，我只穿自己的。下不下来由你，是关于考试的事情。听说是关于考试的事情，卫国手脚并用，赶紧把顾南丹买给他的衣裤往身上套，衣裤发出轻微的撕裂声。他一边穿一边往外跑，跑到走廊上，手还在拉裤子上的拉链。

顾南丹站在一辆白色轿车前。卫国走到车边。顾南丹打开车门，把卫国从上到下扫描一遍，说穿上我买的衣服，你并没有哪里不对劲。卫国说只是心里有点儿不习惯，从小到大我都是自己买衣服，不到两岁，母亲就病死了，我对她没有一点记忆。顾南丹说这情有可原，我还以为碰上了一个精神不正常的。车子晃了两下，冲出迎宾馆，跑上马路。顾南丹从反光镜里观察卫国，发现他的一只手放在衬衣的风纪扣上，把风纪扣扣上了又解开，解开了又扣上。卫国说你要带我到哪里去？

车子停在一幢住宿楼前。顾南丹叫卫国跟她一起上楼。卫国跟着她一步一步地往上走，走到三楼，顾南丹按了一下门铃。一颗秃顶的脑袋从门缝里探出来，对着顾南丹傻笑，说来啦。顾南丹说主任，我把人给你带来了。主任偏着头看顾南丹身后的卫国，看了一会儿，他关上门。当他再次把头探出来的时候，鼻梁上多了一副眼镜。他戴着眼镜看了一会儿卫国，说进来吧。

他们跟着主任穿过宽大的客厅，走过两扇木板包过的房门，进入第三个房间。卫国看见一位老太太睡在床上，眼睛闭着，上身光着，下身穿着一条宽大的花短裤，手里拿着一把扇子正在摇。主任说这是我母亲，她特别怕热，但又不适应空调。顾南丹说你去接电话吧，这事就交给我们了，最好把伯母叫出去。主任用粤语叫他母亲。他母亲连眼皮都不抬一抬，嘴里嘟哝着。主任说她不愿出去，你们干吧，不会影响她的。主任走出房间，顺手把门关上。

顾南丹指指门角，说我们干吧。卫国看见门角摆着锤子、老虎钳、三角梯和一个装着吊扇的纸箱。卫国说原来你是叫我来干这个？顾南丹摆摆手，生怕惊动睡在床上的老太太。卫国用英语骂了一声狗屎，我是教授，不是装吊扇的，我根本就没装过吊扇。卫国想不到顾南丹竟然也会英语。她用英语说，我说你的证件掉了能不能先考试，然后再回去补办证明？主任问我你是干什么的？我说你是物理系的教授，是学物理的。他说学物理好，我家里正需要装一台吊扇，你叫他给我装装。

尽管难看，甚至有可能还有口臭，卫国还是张大了惊讶的嘴巴，说你怎么会说英语？顾南丹说你以为光你会吗？卫国咂咂嘴，打开三角梯，拿着老虎钳爬上梯子，开始扭天花板上那根裸露出来的垂直的钢筋。他要先把这根钢筋扭弯，才能把吊扇吊到上面。但这根钢筋很硬，卫国用老虎钳夹住它，用锤子敲打它，一心想把钢筋敲弯。汗水很快就浸湿了卫国的衣背，他敲打钢筋的速度愈来愈快，愈来愈有力量，像是在敲打自己的仇人。顾南丹手扶梯子，不断地提醒卫国慢点儿，小心点儿。由于钢筋弯得太慢，再加上顾南丹的不停唠叨，卫国变得有点烦躁。他已经把锤子敲到了天花板上，上面已敲出几个凹坑。顾南丹轻轻地叫道别把天花板敲烂了。卫国说想别敲烂就别让他自己来，为什么不到街上去找一个民工？顾南丹说他害怕，有许多找民工的，后来家里都挨偷了。卫国说狗屎。卫国说“狗屎”的时候，铁锤从木把上脱离朝着老太太睡的方向飞去。锤子还在飞翔，卫国已经从梯子上滑下来，吓得双腿哆嗦，跌坐在地板上。顾南丹的目光跟着锤子一起飞到老太太的床头，看见铁锤落在离老太太枕头一厘米远的地方，差一点儿就砸到她的头部。

就在这么危险的关头，老太太也没有睁开眼睛，她摇扇子的手明显慢了下来，好像是已经睡着了。卫国说我从来没装过吊扇。顾南丹把脱出去的锤子递给卫国。卫国说就连我自己装吊扇都请民工，我从来没干过这活。顾南丹拿稳锤子，爬上三角梯，说你非得要我亲自干吗？卫国没想到她还能干这个，正迟疑，顾南丹已举起柔软的手臂。铁锤朝着钢筋狠狠地砸去，锤子没有砸着钢筋，却砸到了顾南丹的手。鲜血从她的手指涌出，她痛得像含了一只鸡蛋那样张开嘴巴，却没有发出声音，有痛不敢喊，惊叫被控制在嘴里。卫国赶紧把她从梯子上拉下来，在老太太的床头拿了一包纸巾，为她包扎手指，不停地往她的手指上吹风，想以此减轻她的疼痛。顾南丹说别吹了，它已经不痛了。卫国说你这一锤，好像是我砸的。顾南丹说要干就上去，不干就走人。卫国说你好好坐着，我这就上去，不把它干好我就不下来。卫国提着锤子重新爬上三角梯，屋子里又响起了单调的敲打钢筋的声音。尽管敲打声很响，但老太太并没有醒，她手里的扇子已掉到床下，她已经完全彻底地进入了梦乡。

一个小时以后卫国装好吊扇，他打开开关，闷热的屋子里突然灌进一股凉风。老太太终于睁开眼睛，这是她在卫国他们进入房间后第一次睁开眼睛。她对他们说“先克由”。卫国以为她是在说粤语，但认真一听，才知道她是在用英语向他们说谢谢。卫国想难道老太太也会英语？卫国和顾南丹对望一眼，彼此都笑了。

主任推开门，仰头看看转动的电扇，说还是学物理好呀，小顾，明天你就去办准考证吧。顾南丹说了一声谢谢，向主任告辞。主任把他们送到楼梯口，拍着卫国的肩膀说，你知道钦州港是谁最先倡导修建的吗？卫国摇摇头。主任说毛泽东，回去以后好好地复习一下，多了解这里的历史。卫国说好的。顾南丹说主任，我想问一问伯妈过去是干什么的？主任说国民党的时候，她是英语老师。

## 6

带着一身劳动的臭汗，卫国钻进顾南丹的车子。他打开箱盖，把那些磁带翻了一遍，又低头看坐凳的底部，差不多把坐凳都撕开了。顾南丹说你找什么？卫国说白药。顾南丹说没有。卫国说我的皮箱里就长期备有一瓶白药，如果它不丢掉，我就可以给你包扎伤口。顾南丹说我早把伤口给忘了，只不过砸破了一点儿皮。我们去游泳吧。卫国说先去医院包扎你的手指。顾南丹说我的手指不用包扎。卫国说包扎。顾南丹说游泳。

在他们的争论声中，车子停到了一家桑拿健身中心门口。顾南丹说下去吧，里面可以游泳可以桑拿。卫国坐在车上不动。顾南丹推了他一把，说下去呀。卫国说你自己去。顾南丹说为什么？卫国说你不包扎手指，我就不去游泳，你不包扎连我的手指都痛。顾南丹说你不去，我可去了。卫国说去吧，我在车上等你。顾南丹提着泳衣，朝健身中心走去。卫国看见大门就像一个黑洞，把顾南丹一口吞了进去，但是立即又把顾南丹吐出来。她回到车上，狠狠地撞了一下车门，说你真固执。

医生捏着顾南丹的手指，说这么一点儿伤口包不包无所谓。卫国说怎么无所谓？如果感染呢？医生说你是她什么人？卫国说我是她家属。医生说那就包一包吧。卫国说我建议你还给她打一针。医生说不用了。卫国说怎么不用，如果得了破伤风怎么办？医生说那就打一针吧。顾南丹听医生这么一说，五官都扭曲了。她说我最怕打针，还是不打吧。卫国说怎么不打？打。医生把长长的针头对着顾南丹，顾南丹看见针头就哎哟哎哟地喊起来。医生说你喊什么，针头都还没有碰到你的屁股，你喊什么？顾南丹刚一停止喊叫，医生就把针头扎下去。顾南丹的眼睛鼻子嘴巴长久地凑到一块，卫国几乎认不出她了。

打完针，他们重新回到健身中心。顾南丹走路的姿势发生了翻天覆地的变化，重心总向刚打针的那半边屁股倾斜。由于刚刚包扎伤口，她不敢游泳，戴着一副墨镜，要了一瓶饮料，坐在泳池旁的一张桌子边看卫国游。卫国的身体很结实，胸前那一撮毛尤其显眼。泳池里有许多人，他们有的游得很专业。卫国只会狗刨式，于是在泳池里拼命地刨着。他刨一会儿，就看一眼顾南丹。卫国发现在离顾南丹不远处坐着一位头发花白的妇女，她的手里拿着一副望远镜。她不时地把望远镜放到眼睛上，对着卫国看。

在顾南丹开车送卫国回宾馆的途中，顾南丹的拷机响了两次。顾南丹说我爸爸拷我，我得赶快回去。她飞快地掉转车头，叫卫国自己打的回宾馆。卫国说我跟你一块儿回去。顾南丹说那怎么可能？没经过爸爸妈妈的同意，我根本不敢带人回家。卫国说你那么怕你爸爸？顾南丹说怎么会不怕？我怕死我爸爸了。她打开车门示意卫国下车。卫国把车门拉回来，想吻一吻顾南丹。顾南丹躲过卫国的吻。卫国钻出车子，头在车门框碰了一下。

## 7

面向全国招聘二十名处级干部的考场，设在市一中新起的教学楼里。顾南丹开车把卫国送到一中门口。卫国看见考场外站满了考试的人们，他们三五成群，有的手里还拿着复习资料。大家都在交头接耳，由无数细小的声音组成的巨大声浪，在他们的头顶嗡嗡地盘旋。好多人的脸上提前挂上了处级干部的表情。卫国说我有点儿紧张。顾南丹从包里掏出一支钢笔递给卫国，说希望你能考上，我爸爸说了，只要考上他就见你。卫国说考不上呢？顾南丹说就不见你。卫国说你这样一说我就更紧张了。顾南丹说我爸讲最先倡导修建钦州港的是孙中山，千万别答错了。卫国说你爸的答案和主任的答案有出入呀，到底听谁的？顾南丹说当然是听我爸的。

顾南丹把卫国推下车，推着他朝考场的方向走，就像做游戏的孩童，她只管埋头推着，前边的路交给卫国指引。好多考生都扭头看着他们。卫国说别这样，他们在笑话我们。卫国这么一说，顾南丹突然就笑了。她的笑声很清脆，就像文学作品里比喻的那样，简直就是银铃般的笑声。她的笑声划破了考生们头顶上严肃认真的气氛。但考试的哨声没有让她的笑声延长，哨声打断了她活泼可爱的笑。

等待者们都心情复杂野心勃勃，她们大都是女性，大都是考场里男人们的妻子。校园有限的铁门把这群充满无限希望的妇女挡在外面。她们站在铁门外默默地祈求自己的丈夫官运亨通。很快从考场里出来一副担架，第一个昏倒在考场里的考生被抬出来，人群发生骚乱。一看见担架，顾南丹担心起来。她率先冲出人群，跑到担架边，喊了几声卫国，才看清躺在担架上的人不姓卫也不叫国。她转过身，看见比她慢半拍的人群像一股洪流拥向担架，每个人的嘴里都呼喊着一个名字。

一阵混乱之后，人群纷纷散开，最终只有一个哭声留下来。这个声音这样哭道：你怎么这么不争气呀，你怎么昏倒了呀？你昏倒了孩子怎么上重点中学呀？我们怎么住上三室一厅呀？我们春节回家怎么会有小车坐呀？你昏倒了我们的钱不是白花了吗？我们哪里还有脸回东北呀……顾南丹想不到这一场考试会和这位少妇哭出来的这么多事情有关，她突然感到身上发冷。

卫国几乎是垂头丧气地走出考场的。他在试卷上看到了那道题目：最先倡导修建钦州港的人是谁？卫国为这个题目浪费了整整十一分钟。让我们来呈现一下卫国的十一分钟吧：从感情上讲，他愿意相信最先的倡导者是孙，这种相信缘于他对顾南丹的相信，尽管他没有查过资料。但是那个秃头主任说是毛，不能不说有一定道理，在相当长的一段时间里都是毛说了算，他说了那么多话，难道就不会不小心说到修建钦州港吗？再说主任也有可能看到我这张试卷，那会产生什么样的结果？当主任看到这张试卷和他的答案不一致时，他会怎么想？他一定会心潮澎湃。他会想姓卫的这小子，竟敢不听我的。不听我的你听谁的？卫国想既然会产生这么一些后果，那我为什么不填毛呢？经过十一分钟激烈的思想斗争，他终于写上主任提供的答案。写上这个答案后，他的心就乱了，他不敢保证他的答案就一定正确。

铁门外是黑压压的人群，卫国没有看见顾南丹。他看见许许多多只少妇白皙的手从铁门的空隙伸进来。她们的头快挤扁了。她们的手里拿着面包、健脑液、心血康、毛巾和清凉饮料。卫国从那些混乱的手臂中，接过一瓶清凉饮料慢慢地喝着。等他把这瓶饮料喝完，人群散去三分之一，被困在人堆里的顾南丹才渐渐地鲜明。她一下就撞到了卫国的眼睛上，问考得怎样？卫国说没有把握，如果皮箱不掉，我会考得更好。顾南丹说为什么？卫国说皮箱里有几本复习资料，今天考卷上的题目大部分都在上面，我原本想到北海后认真复习复习，谁想到它会丢失。顾南丹说快把你的烂皮箱忘掉吧，新生活就要开始了。

## 8

卫国提心吊胆地等待着考试结果。顾南丹一个电话也不打来。卫国等得喉咙都干了。一天，顾南丹提着一套新买的夏装来到宾馆，命令卫国赶快换上。卫国问是不是考上了？顾南丹点点头，从挎包里掏出一把自动剃须刀。卫国接过去，剃须刀像掘进机那样哗哗哗地在他嘴边转动，屋子里响起铺张浪费的声音。顾南丹又掏出一瓶摩丝喷到卫国的头上，为他定了一个发型，空气中飘浮着奇怪的味道。

一幢一幢的小楼晃过卫国的眼前，卫国说是不是这幢？顾南丹说不是。卫国说一定是这幢？顾南丹说不是。卫国说那我就不猜了。卫国一不猜，车就突然刹住。卫国的头撞到车玻璃上。顾南丹说到了。卫国跟着顾南丹往一幢门前栽着紫荆花的楼房走去，他的目光跨越顾南丹的肩膀，看见一位头发花白的大妈和一位腰间系着围裙的姑娘站在门口，她们用力拍打双手，欢迎卫国的到来。卫国觉得这位大妈十分面熟，但一时又想不起在哪里见过。顾南丹指着大妈说，这是我妈妈。大妈进一步微笑，脸上的皱纹堆得更多，表情更为慈祥。她说小伙子，你的身体很结实，我很满意。卫国说你是说我吗？大妈说不说你说谁呀？卫国说你怎么知道我的身体很结实？大妈说我连你的汗毛都看清楚了。卫国奇怪地看着顾南丹，怎么也想不起在哪里见过这位大妈。他把童年生活过的地方想了一遍，把父亲的同事想了一遍，把自己的亲戚和朋友都想一遍，还是没有想起这位大妈。卫国说阿姨，我好像在哪里见过你。大妈说见过见过，在游泳池见过。卫国的脑袋像被谁敲了一下。他终于明白，在游泳池里拿着望远镜盯住自己不放的人，就是顾南丹的妈妈。卫国忽然感到腿软。

他跟着顾南丹往楼上走，每往上走一步肩上就约重五公斤。他用双手托住栏杆，一步一步把自己拉上去。二楼有好几间房，还有一条长长的走廊和一个卫生间。卫国听到第三间房里传出一声断喝：口令。顾南丹说黄河。里面说进来。卫国和顾南丹走进房间。卫国看见顾南丹的爸爸顾大局躺在床上，他的枕边放着搪瓷茶盅和药片。卫国怎么也想不到顾南丹爸爸会是这么一副模样，由于坐骨神经有毛病，他几乎不能起床，加上心脏不好，生命随时都处在危险之中。他的眼睛频繁地眨动，眨了一会儿说，是你想做我的女婿？卫国说是。他突然从枕头底下摸出一把气手枪，指着卫国。顾南丹挡在卫国的前面，说爸爸，你不能这样。他说要做我的女婿，就必须过这一关。顾南丹急得哭了起来，她说爸爸，你能不能不这样？你能不能对他特殊一点儿？我的年纪不小了，女儿给你跪下了。

卫国听到吧嗒一声，顾南丹双膝落地，头发从头部散落垂到地板。顾大局拿枪的手微微抖动，另一只手捂着胸口，说你再不滚开，我的心脏病就发作了，我就要死去了，你难道要落一个不孝的骂名吗？卫国说他要干什么？顾南丹说他要你头上顶着碗让他射击。卫国看见门边的书桌上放着一摞瓷碗，地板上散落几块瓷片。他的脊背一阵凉，身上起了一层鸡皮疙瘩。卫国说为什么？为什么要这样？卫国一边说一边往后退。顾大局说站住。卫国没有站住，他跑到楼下，在客厅里站了好久才把气喘出来。

大妈说小卫，不要害怕，其实他的心眼一点儿也不坏。如果他心眼坏，我会嫁给他吗？他只是有一点儿业余爱好，像现在有的人喜欢钓鱼，有的人喜欢打太极拳，只不过各人的爱好不同罢了。我们都是南下干部，他喜欢射击，枪法没得说的。大妈拍拍胸膛，像是为卫国担保。他不会成心害你，只是想找一个他信得过的女婿，可是茫茫人海，没有一个人相信他的枪法，因此他也找不到一个让他相信的女婿。如果你相信他，就勇敢地走上去，顶着一个瓷碗站在他面前。也许只要你一顶碗，他就相信你了，他就不射击了，也许他的枪里没有子弹，或者那就是一支玩具枪。卫国说他的枪里有没有子弹你不知道吗？大妈摇摇头说不知道，那是他的老战友送给他的，从来不让我们碰它。他就像一个顽皮的孩童，没有谁管得住他。卫国说万一枪里真有子弹怎么办？大妈说不会的。大妈开始把卫国往楼上推，这个动作与顾南丹何其相似。卫国说我怕。大妈说怕什么？你难道没有听到南丹一直在上面哭吗？卫国屏住呼吸听着，顾南丹的哭声从楼上传下来。卫国说大妈，他的枪里真的没有子弹吗？大妈说没有。卫国说可是，我还是害怕，我没法完成你交给我的这个任务。说这话时，卫国仿佛看见顾大局提着枪追下楼来，他挣脱大妈，跑出顾家的大门，朝着一条小巷飞奔。很快他就到达一条陌生的大街。

## 9

顾大局说南丹，你交的朋友怎么都是胆小鬼，他们不值得你信任。顾南丹说谁不怕你的子弹打进他们的脑袋？顾大局哈哈大笑，怎么可能？枪里面根本没有子弹。顾大局把枪拆成几块，里面真的没有子弹。顾南丹说能不能叫他重来？顾大局说不，我已经不想见他了，这样的男人靠不住。顾南丹说他是知识分子，一见枪就发抖。顾大局说你最好不要跟这样的人来往。顾南丹说你是想让你的女儿嫁不出去吗？顾大局说我的女儿会嫁不出去吗？顾南丹说这已经是第五次了，你已经赶跑了我的五个男朋友。顾大局把拆散的气手枪一块一块地丢进床前的垃圾桶，说连卫国算在一起，你一共带来了五个男朋友，我原以为总会有一个不怕死的，肯为你顶碗，但是没有，没有人相信我的枪法，要找一个相信我而又让我相信的人，实在是太难了。既然找不到，我也不强求，从今天起，我再不管你的爱情。你自由了，但将来吃了男人的亏千万别跟我哭鼻子。

顾南丹来到宾馆，说卫国，我们结婚吧。卫国突然抱住顾南丹，把她摔在床上，说我们现在就结。顾南丹朝卫国的脸上狠狠地甩了一巴掌，说你把我当什么人了？哪有这样结婚的？想要结婚，就赶快回西安去把各种证明要来，包括结婚证明。我连你叫不叫卫国都还不清楚，怎么就这样跟你结婚？卫国说西安，我是不想回去了。顾南丹说那你还想不想结婚？想。想你为什么不回？

卫国在地毯上走了几圈，指着自己的眼睛问顾南丹，这是什么？顾南丹说眼睛。卫国指指自己的鼻子，这呢？顾南丹说鼻子。卫国的手在他的脸上张牙舞爪，说这对眼睛，这个鼻子，这个嘴巴，这两个耳朵都不假吧？它们组成的这一张脸就摆在你的面前，你干吗要在乎他叫不叫卫国？难道叫张三，这张脸就会改变吗？顾南丹说谁知道你是不是一个好人？犯没犯过错误？结没结过婚？卫国说如果我的皮箱不掉，就能证明我是卫国，是一个教授，那里面还有一张未婚证明。顾南丹说凭什么我会相信一只找不到的皮箱？卫国拍打胸膛，我可以发誓，如果我说半句假话就得癌症，就患心脏病，就感染艾滋病，就被车撞死。顾南丹说你发多少誓都不比你回一趟西安，况且人事局也要你回去拿证明。卫国说大不了我不做处长。顾南丹说那你来这里干什么？

卫国无法回答。顾南丹抓起床头柜上的一张报纸看了一会儿，忽地坐起来，指着报纸上的一整版人头，说你为什么怕回西安？难道你是他们那样的人吗？卫国夺过报纸，看见整版都是在逃犯的头像。他们有的杀人，有的贩毒，有的抢劫，有的强奸……顾南丹说没有长得像你的呀。卫国把五十多个在逃犯的基本情况看完后，戳了戳报纸，说我怎么比得上他们，简直是小巫见大巫。我只不过是吻了一下女学生，学校就要处分我。

原来你是一流氓，顾南丹惊叫，我怎么就瞎了眼呢？说着，她站起来朝房门走去。卫国拦住她，说你能不能听我解释？我那个吻，是被朋友灌醉以后……顾南丹没等他说完就推开他，拉门跑出去。门狠狠地摔回来。卫国想我都说了些什么？我干吗要对她说这些？其实，我完全可以把这个秘密沤烂在肚子里。

## 10

卫国坐在马路的对面，看着顾南丹家的楼房。房门紧闭，那个白色的门铃按钮在阳光的照射下闪闪发光。卫国估计门铃离地面大约一米五五。随着太阳西沉，光线慢慢地往上翘，它从门铃处翘到了顾家的二楼。一辆轮椅从房间里推出来，坐在上面的是顾大局，推轮椅的是顾南丹。顾南丹把轮椅从外走廊的这头推到那头，夕阳把他们照得红彤彤的。卫国招手，顾南丹没看见。卫国跑过马路，按了几下门铃。顾南丹把头伸出来，像是看到了什么不堪忍受的事物，飞快地缩回去。尽管卫国差不多把门铃按坏了，门却始终没有打开。

卫国开始拍门，他把门拍得很响。过往的行人停下来看他，看的人越多，他拍得越得意。他甚至拍出了音乐的节奏。忽然，顾南丹从门里走出来，卫国闪到一边。顾南丹往前走。卫国紧跟着。顾南丹走进停在路边的轿车。卫国也跟着钻进去。轿车在马路上飞奔。顾南丹板着脸，眼睛盯着前方。卫国伸长脖子看了一下速度，一百多码。在市区她竟然开一百多码，卫国说你疯啦？顾南丹轰了一下油门，轿车飙得更快。卫国吓得手心都出了一层细汗。

到了郊外，车子拐上一条黄泥小路，进入一处较为僻静的地方，速度明显慢了下来。这时，卫国才敢说话。他说我是真的醉了才失态的，是一时冲动，不瞒你说，我只吻了一次就摔倒了……其实，我得感谢这次失态，否则我不会南下，不会在火车上认识你。说着说着，卫国发现顾南丹的脸上出现了松动的迹象。春天来了，冰封的土地就要解冻了，也许顾南丹的话正在发芽，过不了多久，话就会冒出来了。

轿车停在僻静的海滩。顾南丹的衣裙滑下去，露出她穿泳装的身体。她活动了一下四肢，摔上车门走向大海。卫国看见傍晚的霞光几乎全部聚焦到她苗条的身体上，白色的皮肤像镀了一层金，通体金光闪闪。这是顾南丹第一次在卫国的面前大面积地暴露。卫国的心膨胀起来，膨胀到似乎要把胸前的衬衣纽扣撑掉。但是顾南丹没有说话，他不敢冒犯。他看着顾南丹游向大海深处。海浪摇晃着，把那颗浮在水面的人头愈摇愈远，直到彻底消失。在那颗人头与卫国的眼睛之间，仿佛有一根线牵着。人头愈远他的眼睛睁得愈大。他的目光在海面搜索，只见愈涌愈高的海浪。卫国沿着水线跑动，对着稀里哗啦的海面喊顾南丹。他喊得嗓子都哑了，也没看见他喊的人。天色加紧淡下去，紧张浮上卫国的心头。他脱下衣裳，只穿着那条松松垮垮的裤衩跑进海里。海水淹到他的脖子，对于一个只会狗刨式的人来说，再往前迈进一步都会出现危险。他让海水淹着脖子，继续对着海面喊顾南丹。他每喊一次，都有咸咸的海水冲进嘴巴。海水打在他的牙齿上，在他的口腔卷起千堆雪，然后再卷出来。他在潮涨潮落的间隙接着喊，但是他的喊声被海浪声淹没，显得十分渺小。

一颗人头从卫国的眼皮底下冒出来，带起一堆白花花的海水。这堆海水扑到卫国的身上。卫国连一声惊讶都来不及表达，顾南丹已经把他紧紧搂住。他们的嘴巴咬在一起。海浪打过他们的头顶，试图分开他们的嘴巴，但是我自岿然不动。太阳从他们的嘴巴落下去，海滩进一步昏暗。他们回到岸上，打开车灯。两根灯柱横在海面。他们坐在灯柱里的影子投入水面，被海水扭曲。顾南丹说如果你实在不愿意回西安，那你就骂她几句，这样也许我还能接受。卫国说骂谁？顾南丹说那个被你吻过的女学生。为什么要骂她？因为你骂她就说明你不爱她，我才会相信你吻她是酒醉后的一时冲动。如果我骂她，你是不是就不要我回去拿证明了？顾南丹说试试吧。卫国用沙哑的嗓音说那我骂啦。他咳了几声，想把沙哑的声音咳掉。冯尘，你这个丑、丑小鸭……骂呀，为什么停住了？我实在骂不下去，我不能昧良心，这事本来是我不对，现在怎么反过来骂她？

海面的声音消失了，卫国的出气声越来越粗重，愈来愈丑陋。他想在这样一个美好的夜晚，面对如此美丽的海滩和如此明净的天空，我的嘴里竟然喷出这么肮脏的语言，实在是一种罪过。一股汹涌澎湃的思念冲击他的胸口，他对着西北的方向思念冯尘。

心疼她了是不是？顾南丹被沉默激怒，对着卫国咆哮。卫国说我的嗓子哑了。顾南丹说你的嗓子怎么就哑了？刚才喊你喊哑的。别找借口，即使哑了你也要骂，骂她丑八怪，她是丑八怪吗？卫国想她其实一点儿也不丑，比你长得还漂亮，但在这个假话横行的时代，谁还敢说真话？卫国感到皮肤有一点儿紧，海水在身上结了一层盐，自己变成了一堆咸肉，仿佛已经失去了知觉。顾南丹步步紧逼，她有我漂亮吗？说呀，她的脸上有没有青春痘？她家是不是农村的？难道她的身材会苗条？难道她心地善良？她是不是长得比我丑？你哑巴了吗？你不说就证明我比她漂亮，就证明你不敢面对这样的现实。你不说，就回西安去。顾南丹从沙滩上站起来，转身钻进轿车。卫国仍然坐在灯柱里。顾南丹按了一声喇叭。卫国没有动。顾丹不停地按喇叭，喇叭声在海滩上回荡。卫国仍然没动。

## 11

张唐把卫国约到海边的一只船上吃海鲜。他说离开车的时间还有四小时，你可以慢慢地从容地吃。卫国说一看见你我就想起那只亲爱的皮箱，你让我伤感不已。张唐用一种羡慕的口吻说，只要回西安把有关证明办来，你就有可能成为处级干部，成为我的表妹夫。如果你的皮箱不掉，怎么会有今天？卫国说看来我还得感谢我的皮箱。张唐说太值得感谢了，要是知道能交这么好的桃花运，多少男人都会故意丢掉皮箱，你不是故意的吧？卫国苦笑。

海面好像有意在这个中午休息，波浪不兴，出奇地平静，一位赤身裸体的男人躺在水面，摆出一副永不下沉的架势。远处过往的船只偶尔拉响汽笛，海鲜的香味扑鼻而来。只一会儿工夫，卫国的面前就堆满了螃蟹壳、虾壳，他的手上嘴上全是油。张唐笑眯眯地看着他，说一回西安你就吃不上这么好的海鲜了。卫国打了一个饱嗝，又剥了一只虾。他把剥好的虾放进嘴里嚼了一阵，怎么也咽不下去，才发现食物已经填满了他的胃，也填满了他的食道。他问张唐洗手间在什么地方？张唐朝旁边指指。卫国抱着肚皮想站起来，但是他站了几次都没能站起来。他饱得连站起来都困难了。张唐说要不要我扶你一把？卫国咬咬牙，说不用，自己的事情最好自己解决。他憋足一口气，慢慢地站起来。

从卫生间出来的卫国，已经把工作的重点从吃转移到说话上。他说现在我跟你说实话吧，反正海鲜已经吃了，不听你的意见你也不会叫我把海鲜吐出来。西安我是不能回去的，你想想，他们会给一个差一点儿就犯强奸罪的人开具什么样的证明？他们不仅不给我开什么证明，还等着处分我，我这一回去不是自投罗网吗？该交代的我已经全部交代了，可是你表妹，她非要我拿出什么证明来。我就是我，为什么非要证明？请你转告，这辈子我卫国都会记住她对我的帮助，等到我有了能力，我一定会报答她。说完，卫国起身向张唐告辞。张唐说回来。卫国没有听张唐的，他径直下船，朝滨海路走去。张唐追上卫国，一把揪住他的衣领，说想逃跑，没有那么容易。他把卫国揪上一辆的士，送他到达火车站，强迫他坐在候车室里。张唐坐在他的旁边，一直陪着他。卫国说我能不能给你表妹打个电话？张唐横眉冷对，说别想要花招了，我表妹说如果你不把有关证明办来，她再也不见你。

进站的时间到了，张唐把卫国推到检票口，看着他检了车票，从进站口进去，才放心地回头。张唐想卫国像大便一样被这个城市排泄掉了。但他万万没有想到卫国把这张北上的卧铺票，退给了一位只买到站票的老乡。卫国怀揣六百元钱心情舒畅了许多，全身上下没有一处不自信。他昂头走出车站，仿佛旧地重游，往事历历在目。他沿着他来时的路线，走进车站派出所。

## 12

杜质新仍然坐在原来的位置上。卫国说有我皮箱的消息吗？杜质新好奇地看着眼前的这个人，问什么皮箱？卫国说在火车上丢掉的那只。杜质新说我这里报失的皮箱有一百多只，不知道你说的是哪只。卫国说是一只欧式的，正方形的，棕色，两把密码锁，里面装有三万块钱，三套名牌时装，我的身份证，获奖证书，教授资格证，两本复习资料，五篇论文和一瓶云南白药，一张未婚证明，一本政协委员证……杜质新说是不是你父亲留苏时买的？你父亲参加过新中国的第一颗原子弹爆炸试验。卫国说是，就是那只，里面还装有当时原子弹爆炸时的一些数据和核爆炸的密码，外加一封遗书。杜质新翻开笔记本，说两天前，有一个女士来问过，这样的皮箱一般很难找回来，主要是里面的现金太多。

卫国打了一个饱嗝，满屋飘荡着虾蟹的味道。杜质新抽抽鼻子，说你的生活过得不错嘛。卫国说马马虎虎，你能不能再想想办法？如果能够把它找回来，我愿意把三分之一的现金分给你，或者现在我就先请你吃一顿。杜质新吞了几下口水，喉结滑动。卫国从口袋里掏出一百元钱递给杜质新，说你拿去买一条烟抽。杜质新说我还是没有把握。卫国又掏出一百元叠在原先的一百元上，说我再加一百，你务必帮我找到皮箱。杜质新把卫国伸过来的手推回去，嘴里发出一声冷笑，说怎么可能呢？你可以进来看一看。

杜质新带着卫国来到派出所的里间，屋角摆着一大摞沾满灰尘的皮箱，有几只皮箱的锁头已经撬烂。杜质新指着那堆皮箱，说这都是我们找回来的，可惜没有你那只，但是找回来又有什么用？它们只是一个空箱子，里面的东西全没了。有的乘客听说是一个空箱子，连领都不来领。他们来领皮箱的路费可以买到好几只新皮箱，干吗要来领呢？卫国的脸刷地白了，他的目光在皮箱上匆忙地扫了一遍，身体像被谁抽去了骨头，突然一软，坐在旁边的条凳上。他说杜警察，千万别让小偷把我的皮箱给撬了，拜托拜托。

在派出所坐了一会儿，卫国回到宾馆。他拨通顾南丹的手机。一股愤怒从话筒里隐隐传来。顾南丹说你怎么还没走？你不走就不要再来烦我。手机挂断了。卫国再拨，顾南丹已经关掉了手机。卫国接着拨顾南丹家里的电话。接电话的是大妈。大妈说你找谁？卫国说找南丹。大妈说你是谁？卫国说卫国。话筒里传来大妈对南丹的呼唤。大妈一共呼唤了三声，然后对着话筒说南丹说了，你不回去就再不见你，我们全家都不欢迎你。卫国放下电话，打算离开他住了一个多月的房间。这个房间有顾南丹的声音和气味，现在它们还在墙壁上飘来飘去。

## 13

卫国在市郊找到一间地下室，住宿费每天十元。由于没有任何证明，房东要他一次性交完一个月的房钱。现在他身上还剩下三百元钱。他计划每天吃两份盒饭，每份盒饭五元，如果计划不被打乱，他在这个陌生的城市里至少还可以待上三十天。也就是说在这三十天内，卫国必须找到一份工作，否则他将被饿死。

他是从北部湾大道东路开始寻找工作的，准备一家一家地找下去，就像摸奖一样摸到哪家算哪家。第一家是紫罗兰书店。在走进书店之前他做了一次深呼吸，算是自己给自己打气。书店里只有几个顾客，卫国一走进去就有两位姑娘抱着一大堆书向他推销。他说我不买书，我找你们经理。一位站在柜台后面的中年男人说我就是经理。卫国走到经理面前，问他还要不要人？经理摇摇头，说不要。卫国发现书店里的所有人都在看他，他的脊梁骨一阵麻。他回头看看身后，装模作样地翻了几本书，最后买了一本《怎样培养你的口才》。

夹着《怎样培养你的口才》跑出书店，卫国紧接着走进旁边的宏源房地产公司。公司销售部主任跷着二郎腿坐在一张软椅上，嘴里叼着一支香烟。他喷一口烟雾说一句话，就像吃一口菜又吃一口饭。卫国想如果没有香烟，他是说不出话的，就像没有菜吃不下饭。他说人吗？我们是要的，但是我们没有工资，你每卖出一平方米土地，我们就给你二十元工资，如果你一天能卖出一亩，那么很快就会成为富翁。卫国说这个我可以试一试。主任说那你就到汪小姐那里办个手续。

主任回头叫小汪。坐在主任身后第四个格子里的小姐哎了一声，并抬头朝卫国招手。卫国想在这个城市里，找一份工作其实没有想象的那么难。他开始有一点儿兴奋了。他快步走到汪小姐的格子里，一股浓烈的香味围绕着汪小姐。汪小姐拿出公司的有关资料递给卫国，她每动一下，就扇起一股香气。卫国在浓烈的香气中忘乎所以。他张开河马似的大嘴，好久才憋出一句话来，我什么时候可以工作？汪小姐说你得先交两张照片和三千元押金，我们给你办好证件后就可以开展工作。香气突然没有了，卫国抽抽鼻子，闻到的全是主任那边飘过来的烟味。卫国说一定要交押金吗？汪小姐说一定要交。卫国说我没有三千元，交两百元行不行？汪小姐摇摇头，鄙视地看着他。卫国说干吗要交押金？我又不会逃跑。汪小姐说没有押金，我们就不能给你工作。

三千元押金就像一记闷棍，打得卫国晕头转向。他低头往前走，民航售票处、温馨照相馆、公厕、市府招待所依依不舍地从他眼角的余光中晃过。他边走边后悔，想也许这几家正需要我。他回头看着市政府招待所的大门，一张熟悉的面孔撞了上来。这是他在人事局门口碰上的，先称来自西安后称来自宁夏的那位老乡。卫国用西安话叫老乡。老乡偏头看着卫国，用西安话说要不要买一份保险？卫国说你在干保险？老乡说瞎混。卫国说这个工作要不要交押金？老乡说要交，交一千五百元。你买一份保险吧。卫国说不买。卫国朝前面走，老乡在后面追。他追上卫国，说出门在外，买一份保险安全，说不定哪天就会出车祸，或者楼上掉下一块砖头，正好砸在自己的头上，买一份吧。卫国说你才出车祸。老乡对着卫国的背影骂了一句狗日的。

一路上卫国再也没有问工作，他从北部湾东路走到北部湾西路，汗水浸湿的衬衣正在慢慢地风干，双腿变得有点儿沉重。他想也许我该买一包香烟，但是一包好香烟将花费我一天半的伙食，这未免太奢侈了。不过没有香烟很难跟人接近，能不能把这包香烟算作找工作的投资？只要找到工作，还在乎一包香烟吗？卫国在烟摊买了一包，他用鼻子嗅了嗅，舍不得抽。他想能不能找到工作，就看这包香烟了。他嗅着香烟往前走，一阵音乐灌入他的耳朵。抬头一看，他已经来到了师范学校的围墙边。他想也许我该到这里面去碰碰运气。

师范学校教务处办公室里坐着三个人。卫国想那个老的肯定是教务处主任。卫国给他们每人发了一支烟，自己也叼了一支，屋子立刻被烟雾笼罩。那个老的说你是不是来找工作的？卫国点点头。那个老的说我们这里已经来了几百个找工作的。卫国说我叫卫国，男，现年二十八岁，西北工业学院物理系副教授。那个老的说这么好的条件我们不敢要。卫国说我主要是喜欢这个城市，干什么都可以，职称也可以不算数，你们爱发多少工资就发多少工资，本人毫无怨言。那个老的说，如果你愿意这样，下个星期五早上九点到这里来找我，我安排你试讲。

卫国向那个老的要了一张名片，名片上写着“北海师范学校教务处主任潘相”。卫国想他果然就是主任。卫国把那包香烟丢到潘相的桌上，说星期五我再来找你。潘相说请把你的香烟拿走，我们这里不受贿。卫国尴尬地笑着，说在北海，难道一包香烟也算是受贿吗？潘相说一包香烟会变成十包香烟，十包香烟会变成一百包香烟。卫国说我可没那么多香烟。

## 14

同学们，在真空里，我们把一根鸡毛和一个铁球，从北海师范学校的教学大楼楼顶同时往下放，你们说哪一个先到达地面？卫国对着潮湿的地下室和那台呱哒呱哒转着的台扇练习讲课。地下室的墙壁上有一面镜子，它的一半边已经掉落。卫国在练习讲课的时候，常常被那半边还存在着的镜子分散注意力。卫国偏偏头，干脆把自己那张疲惫不堪的脸全部放到那半边镜子里，自己对着自己讲起来。讲着讲着，卫国发现自己的头发长了，胡须也拉碴了，衣服和裤子冒出一阵阵恶臭。卫国想我这副尊容，哪会有学生听课。我得修剪修剪。卫国还没把课讲完，就跑出旅馆到理发店去理头发。连剪带吹，卫国花掉二十元人民币。剪一个头就花掉二十元，这像从他的心头剜了一块肉。但是他心疼一阵后，马上安慰自己，好在我就要找到工作了，否则打死我也不会这样花钱。

回到旅馆的地下室，卫国想洗洗身上的衣裳。没有洗衣粉，衬衣领子上的污渍比卫国的搓洗还顽强。他穿着一条裤衩从地下室走出来，看见洗漱间的窗台上结着一块小小的肥皂。卫国用手指把它抠下来，衬衣因为有了它而洁白。卫国把洁白的衬衣晾在椅子上。为了加快干的步伐，他动用了那台电风扇。衬衣鼓胀了，两个衣袖张开手臂。卫国光着身子在屋子里走来走去，对着镜子照了照身体的各个部位。当镜子照到下身的时候，卫国直了。他端详着直的地方，用手掌轻轻地搓，就像搓衣裳那样搓。一股浓浓的白色汁液流出他的身体。

他在愉悦中睡去，醒来时却痛苦不堪。不知道睡了多久，他感到身子无比沉重，每个细胞都绑着一根绳子。卫国想我是不是感冒了？他想翻身从床上爬起来，但是他连动一动都很困难，就连转动一下眼珠眨一下眼皮也变得遥不可及。电风扇还在呱哒呱哒地转，衬衣被它吹到地上。卫国轻轻地说水，我要喝水。只有自己听到自己的声音。他说妈呀，我要喝水……

迷迷糊糊中，卫国再次睡去。等他再次醒来，身体轻了一些。他慢慢地滑下床，觉得整个身体已经没有重量，自己比鸿毛还轻。他扶着墙壁一步一步地爬出地下室，屋外的阳光刺激他的眼睛，站了好久才看清眼前的景物。他拍拍房东的门板。房东没有开门，隔着窗户问卫国有什么事？卫国说今天星期几？房东说星期三。卫国想我已经睡了两天。

卫国来到马路上，找了一家比快餐店档次稍高一点儿的酒家，对着服务员喊要一碗鸡汤。喝完鸡汤，卫国感到身上还是不太舒服。他想后天就要试讲了，这样的身体肯定走不上讲台。他伸头往远处看了看，远处有一家诊所。他摇摇晃晃地朝诊所走去。

医生在量过他体温看过他舌头之后，说吊几天针吧。卫国说多少钱？医生说两百来块。卫国说我没有那么多钱，你能不能少一点儿？医生说没那么多钱就少吊两天。卫国说吊两天多少钱？医生用笔算了一下，说百来块。卫国说请你务必不要超过一百元，我实在是没钱了。医生点点头。卫国躺到病床上，看见一根比织毛线的针还要长的针头扎进了血管。针头刚一扎进去，他就感到病已经好了许多。

躺在病床上，他才明白身体是革命的本钱，节约是没有意义的，假如身体垮了，有钱又有什么用？他以这样的消费原则，过上了两天幸福生活，力气慢慢地回到他身上，心情也好了许多。到了星期五早晨，天迟迟不亮。卫国早早地从床上爬起来，把试讲的内容想了一遍。想完之后，天还是没有亮。他坐在床上胡思乱想。他想如果我试讲成功，学校还要不要我出示有关证明？还要不要原单位的鉴定？卫国一直没有想过这个问题，现在突然想到这个问题，身上冒出了许多冷汗。

他掏出潘相的名片，想是不是打个电话问一问他？但是打电话要花五毛钱，而且还会打搅他睡觉。卫国走出旅馆，沿着那条路灯照耀的马路往师范学校赶。他恨不得马上见到潘相，步子于是愈迈愈大，身上热得不可开交。赶到学校门口，铁门刚刚打开，好像是专门为他而开。他朝教务处走去，沿途看见许多跑步的人。黑夜慢慢地渗进白天，路灯依然照着。卫国想等我走到前面的那根电线杆边如果路灯还没有熄灭，那就说明学校不需要鉴定。他快步朝前面的电线杆跑去。像是成心跟他作对，他只跑到一半，路灯就全部熄灭了。路灯熄灭的一刹那，卫国的腿突然迈不动了。他甚至想站在这个地方永远也别往前走。我怎么这么倒霉？这时，他看见一个小伙子推开教务处的门，这是卫国星期一见到的两个小伙子中的一个。卫国拖着沉重的双腿，来到教务处门口。小伙子说不是说九点钟试讲吗？你怎么来这么早？卫国说我想问一问你，如果试讲成功，你们要不要原单位出具证明？要不要调档案？小伙子说要，怎么不要？

小伙子忙着烧开水，拖地板，没有工夫跟卫国说话。卫国站在教务处的门口，想我还是问一问潘相，也许潘相能够通融通融。卫国等了一会儿，看见另一个小伙子也走进办公室。卫国问你们的潘主任呢？小伙子说等一会儿他就来。卫国说如果试讲成功，你们要不要原单位出具证明？小伙子说要。卫国说能不能不要？小伙子说我们只录用手续齐全的人。卫国站在门口，拼命地伸长脖子，盼望尽快看到潘相的身影。卫国看到腿开始发麻了，才看见潘相朝教务处走来。潘主任说来啦。卫国说来啦。

卫国把潘主任拉到楼角，说如果我试讲成功，你们还要不要原单位出具证明？潘主任说不仅要，我们还要到你的原单位去考核。卫国说能不考核吗？潘相说不能。卫国说如果我用实际行动证明我能胜任这份工作，你们还去考核吗？潘相说去。卫国说你看我有不对劲儿的地方吗？潘相说没有。卫国说我像坏人吗？潘相说不像。卫国说那你们为什么还要去考核？潘相说这是两码事。卫国跺跺发麻的双脚，从门口回望一眼教务处办公室，说既然你们不相信，那我不试讲了。潘相说怎么不试讲了？我都给你安排好了。卫国没有回答，拖着发麻的双腿朝校门走。潘相看见他走路的姿势有点怪，一摇一晃的像个瘸子。潘相对着他的背影骂神经病、骗子、言而无信……卫国听到潘相在身后骂他，但是他没有回头。他觉得潘相的骂声是那么贴切，那么解恨，那么亲切。我是骗子吗？我是神经病吗？我是卫国吗？天底下还有没有不要证明、不要考核的地方？卫国对着空荡荡的前方喊：我叫卫国，男，现年二十八岁，未婚，副教授……卫国反复地背诵，不断地提醒，可别把自己给忘记了。

# 15

卫国斜躺在床上翻看《怎样培养你的口才》，突然听到楼上发出一阵响声。响声由小到大，由慢到快，像是床头撞击墙壁的声音，富于节奏很有规律。卫国用晾衣竿敲打天花板，上面的声音立即中断，但是它只中断了一会儿，又更猛烈地响起来。它的声音是这样响的：嗒……嗒……嗒嗒……嗒嗒嗒嗒嗒嗒嗒嗒……嗒。

第二天晚上，这种有规律的声音继续响起来，并伴随女人的轻声叫唤。卫国用晾衣竿狠狠地戳了几下天花板，声音不但不停止，反而响得更嚣张，好在这种声音极其短暂，卫国也就不再计较。到了第三天晚上，声音该响的时候没有响起来，卫国感到有点失落，他用晾衣竿戳了一下天花板，楼板颤了一下，上面传来一阵跺脚声。卫国戳一下天花板，楼上就跺一次脚。卫国爬下床沿着木板楼梯爬上二楼，敲了敲那扇紧闭的房门。门板吱的一声拉开，灯光全部落在卫国的身上。

一位穿着紧身衣的小姐做了一个请的手势。卫国走进房间，揉揉眼睛，小姐清晰而又真实地呈现在他眼前。她的身材高挑，两条腿直得可以用于建筑，乳房像是某个夸张的画家画上去的，牙齿和脸蛋都很白，部分头发染黄。卫国说刚才跺脚的是你？小姐说是。卫国说你的床是不是有点儿不牢实？小姐的脸顿时红了。卫国想她的脸竟然还会红。卫国走到床边，摇摇床铺说我帮你看看。说着，他低下头检查床铺的接口，发现有一颗螺帽松了。卫国说有没有扳手？小姐忽然仰躺到床上，故意摇晃着床铺，说你不觉得有点儿响声更刺激吗？卫国扑到小姐身上，说我想跟你睡觉。小姐嗯了一声，要钱的。卫国说多少钱？小姐说五百。卫国说能不能少一点儿？小姐说如果你不长得这么帅这么年轻，五百我都不会干，这已经是打八折了。卫国说我听说别人只要三百。小姐说你看是什么人，你看看她是什么档次，然后你再看看我。卫国说不就五百吗？说好了五百。

小姐开始脱衣服，卫国摸摸口袋，口袋里还剩下三十元钱。但是卫国的心思已像脱缰的野马离弦的箭，一股强大的力量窜遍他的全身。脱光的小姐就像白雪覆盖的山脉，或者白象似的群山。卫国站在床边，还不太敢相信眼前的事实。小姐说你能不能快一点儿？卫国被这句话燃烧了。他朝小姐刺去，一声尖利的叫唤从小姐的嘴里飞出。卫国听到他在楼下听到的有节奏的嗒嗒声，只是他制造的声音更持久更嘹亮。小姐的身体一直很平静，一动不动，眼睛望着天花板，脑子像在想别的事情。嗒嗒声愈来愈猛烈愈来愈紧密，小姐嗯了一声。嗯一声，像一个气泡。嗯两声，两个气泡。平静的湖面冒出无数个气泡，气泡愈来愈大，小姐再也控制不住，她的身体开始扭动。卫国看见群山倒塌，白雪消融。

完事后，卫国把衬衣口袋和裤子口袋都翻出来，说我就这三十元钱，骗你是狗娘养的。小姐说你怎么能够这样？你为什么要这样？卫国低头不语。小姐拍了一掌卫国的膀子，说不可能，绝对不可能，你不可能才有三十块钱。卫国说怎么不可能？如果我的皮箱不掉，我会有三万多元，等找到皮箱，连本带息一起还你。小姐在卫国的口袋里掏了一阵，只掏出一张潘相的名片。小姐说你把钱留在房间里了。卫国说如果我有钱我会住地下室吗？不信你可以跟我到下面去。小姐夺过卫国手上的三十元钱。卫国想现在我是真正的身无分文了，从明天开始我就没有饭吃了。

小姐跟着卫国走出房间，说有那么严重吗？卫国推开地下室的门，一股霉味扑面而来，小姐用手掌扇扇鼻尖，但是那是一股固执的气味，怎么扇也扇不掉。卫国说连一个坐的地方都没有，你就坐床吧。小姐坐到床上，眼睛在房间里扫荡。她翻开卫国的枕头和席子，掏了卫国另外一件衬衣口袋，没有找到任何东西。她说你是干什么的？卫国说了一遍自己的遭遇。小姐把手里的三十元钱还给卫国，说你拿着吧。卫国接过三十元钱，说这怎么行呢？你已经劳动了。小姐说就算是借给你的吧，什么时候有钱了再还我。记住，你还欠五百元。卫国说我一定还你，明天我就去找一份工作，把钱还给你。小姐走出地下室，回头问你叫什么名字？卫国。你呢？刘秧。

# 16

第二天早晨，卫国拉开地下室的门，发现门拉手上挂着一个塑料袋，塑料袋里装着三个大馒头。卫国把脸伸到袋子里嗅了嗅，嗅到一股美好的气味。他用晾衣竿戳戳天花板，楼上发出跺脚声。卫国提着塑料袋冲上二楼，把塑料袋举过头顶，说这是我来到北海后第一次拥有早餐。你吃一个？刘秧说我已经吃过了。卫国说吃了也要再吃一个，你不吃一个我会吃不下去的。卫国拿着一个大馒头往刘秧的嘴里塞。刘秧狠狠地咬了一口，馒头变得犬牙交错，卫国在犬牙交错的地方再犬牙交错了一下，又把馒头递给刘秧。刘秧又啃了一口。他们一人一口，把那个大大的馒头啃完。

啃完馒头，卫国看见一个男人站在门口。他的头上打过摩丝，皮鞋擦得锃亮，胳膊下还夹着一个小包。刘秧说卫国，我们有事要谈，你先下去吧。卫国走出刘秧的房间。他刚走出房间，门就被那个男的碰上了。

楼上很快就传来了那种熟悉的有节奏的嗒嗒声。卫国被这种声音搞得烦躁不安。他走过来走过去，在狭窄的地下室里到处碰头。他想这种声音很快就会过去，一定会过去。但是这种声音出人意料地持久响亮，卫国用晾衣竿不停地戳天花板，上面没有停止。卫国提着晾衣竿冲上二楼，站在门口叫刘秧，你是不是没有钱？如果没有我这里还有三十元。这难道是你挣钱的唯一方式吗？这种方式容易染上艾滋病，会使爱你的人伤心。你的相貌不差，聪明伶俐有理想有前途，有父母有兄妹，有老师有同学，干吗非得干这个？

门被卫国说开了，那个油头粉面的家伙从里面跌出来，差一点就跌了一个狗吃屎。刘秧双手叉腰，站在门框下一跺脚，楼板晃了几晃。刘秧说滚。那个男人捡起掉在地上的皮包，拍打着衣服，说你怎么能够这样？刘秧说我为什么不能这样？我爱怎么样就怎么样？刘秧从耳朵上解下耳环，从脖子上解下项链，从床头抓起呼机，朝那个男人砸过去。一只耳环沿着楼梯往下滚，那个家伙跟着耳环跑了几步，才把耳环捉住。他吹了吹耳环上的尘土，回头看了一眼刘秧，弯腰跑出旅馆。掉在地上的呼机这一刻狂声大作。没有谁理睬呼机的狂叫，它的声音在这个特殊的时刻显得孤独。

另一个声音响起来，那是卫国鼓掌的声音。刘秧转身回到房间，坐到沙发上。现在她的脸是黑的，气是粗的，心情是恶劣的。卫国靠在门框上看着刘秧说嫁给我吧，刘秧，如果我们结婚，也许会幸福，也许会长寿，也许会儿孙满堂，也许会找到皮箱，如果皮箱能够找到，我会把里面的二万元现金送给你，不让你再干这活，我会把里面的两套名牌女装、金项链、耳环、化妆盒、游戏机、真皮靴子、手机、法国香水、手提电脑、美白溶液、健美操影碟、随身听、墨镜、戒指、茅台酒、轿车、别墅统统送给你，让你把刚才的损失补回来……刘秧长长地叹了一声，说你的皮箱早就撑破了。卫国说干脆，我连皮箱都送给你。

## 17

这个夜晚，屋外刮起了大风，许多树叶被风吹落，未关的窗户发出声声惨叫，玻璃破碎了，树枝折断了。卫国想这不是一般的大风，是台风。他起身关窗户，忽然听到一阵敲门。不会是查户口的吧？他打开门，看见刘秧缩着脖子站在门外。刘秧说我怕。卫国说进来吧。刘秧坐到卫国的床上，卫国挨着她坐下。刘秧说想跟你聊一聊。卫国说聊什么呢？刘秧说我也不知道。两人沉默。刘秧举起五根手指。卫国说什么意思？刘秧说你还欠我五百元。卫国说我能不能再欠你五百？刘秧说不能，除非你先还我五百元。卫国受到了刺激，脸红了，说不就五百吗？明天，我就找一份工作，挣五百元还你。刘秧在卫国的鼻子上刮了一下，说吹牛。

第二天早上，卫国拍拍刘秧的肩膀，说起床了。刘秧说起那么早干吗？卫国说找工作去。刘秧说找什么工作？卫国说不知道，反正得找一份工作，挣五百元钱还你。

马路上铺满昨夜吹落的残叶，一棵大树横躺在路上。卫国和刘秧手拉手跨过那棵躺倒的大树。刘秧说到哪里去找工作？卫国说往前走，一直走下去。刘秧跟着卫国。他们看见快餐店，看见给卫国吊针的那个诊所，看见房地产公司。单位从他们的眼前晃过，街道上流动着人群。太阳出来了，到处都像着了火，到处都是鲜红的颜色。他们拉着的手心里冒出了热汗，舌头像干裂的土地。卫国说你能不能请我喝一瓶矿泉水？刘秧给卫国买了一瓶矿泉水，给自己买了一个冰激凌。他们站在马路边把水喝完，把冰激凌吃完，接着往前走。

刘秧说我不能再走了，我的脚起泡了。卫国说那你就在这里等着，我自己去找。刘秧坐在马路边的一张凳子上。卫国继续往前走。他往东边走了一阵，回到刘秧的身边。刘秧说找到了吗？卫国摇摇头，又往南边走。往南走了一公里，卫国又回头看刘秧是不是还坐在那里等他。刘秧说哪有这样能找到工作的，我们还是回去吧。卫国摸摸肚子，说饿坏了，你能不能请我吃一个快餐？刘秧伸手让卫国拉她。卫国把她从凳子上拉起来。他们手拉手朝西边走。走了十几米，就看见一家快餐店。他们走进快餐店吃午饭。刘秧说现在，你除了欠我五百元，还欠我一瓶矿泉水和一顿快餐。卫国说我吃完饭继续找工作，挣钱还你。刘秧说你还是死了这条心吧，这样没头没脑地走下去，恐怕十天半月也不会找到工作，恐怕把钱花光了也不会找到工作。卫国说为什么他们都不相信我？刘秧说还是回去吧，我实在是走不动了。

从快餐店出来，卫国往对面的马路看了一眼。他看见一家江南康乐公司。卫国被康乐公司门口的一块招牌深深地吸引。招牌上画着三个大大的酒坛，酒坛上写着：能喝者请来面谈，江南康乐公司诚招酒保。

看到这块招牌，卫国的鼻尖前飘过一阵酒气。他回头叫了一声刘秧，说我找到工作了。刘秧说工作在哪里？卫国指着马路那边。刘秧看看那块招牌，看了一会儿，说你能喝吗？卫国说能。刘秧笑了起来，还拍拍手掌在地上跳了几下，找了半天，原来工作在这里。她拉着卫国的手，一起走过马路。卫国吻了一下刘秧，说我说过，我能够找到工作。刘秧用手指刮了一下卫国的鼻子，说今天不是愚人节吧？

## 18

他们走进公司的人事部。人事部里的一男两女扭头看着他们。卫国说我是来喝的。那位男的站起来跟卫国握手，说我是人事部长，姓王，请问你能喝多少斤五十度的白酒？卫国说不知道。不知道是不是说你从来没有醉过，或者说能喝多少连你自己也不清楚？大概就这个意思。姓王的递了一张合同给卫国，你好好看看吧。卫国接过合同看了一会儿，说现在就喝吗？姓王的说我们已经招聘了一个能喝的，如果你把他喝败我们才能录用你。卫国说如果把他喝败，你们能不能先预支我五百元工资？姓王的说只要你把他喝败什么都好说。卫国挽起衣袖，说那就开始吧。刘秧拉了一下卫国的衣袖。卫国说不用怕，我正馋着呢。

卫国被带到一个小会议室，中间摆着一张橡木茶几，茶几的两边摆着两张棕色的真皮沙发。卫国坐到一张沙发上。两位小姐托着盘子走到茶几前，她们把盘子里的酒分别放在茶几的两边。现在茶几上两边摆着五瓶五十度的白酒。周围站满了公司的职员，摄像机架在离沙发三米远的地方。但那个卫国想喝败的人迟迟未见出场，他等得有点儿不耐烦了，于是拧开了一个酒瓶的瓶盖。

小姐把拧开瓶盖的酒端走，重新又上了一瓶。小姐说请你不要提前打开瓶盖。卫国哼了一声，人群出现骚动，所有人的脖子都扭向门口。卫国看见一位理着小平头，戴着墨镜，身高一米七五，脸色微黑的小伙子走进来。他坐在卫国的对面，朝卫国点点头，还向人群挥挥手。做完这一系列动作后，他把自己面前的三瓶酒推到卫国面前，又把卫国面前的三瓶酒拉了过去。姓王的宣布比赛开始。他们各自打开瓶盖，酒香溢满客厅。卫国举起酒瓶向刘秧示意。刘秧觉得这件事很好笑，就对着卫国笑了一下。卫国把酒瓶送到嘴边，一股浓烈的酒气熏得他眼眶里泪光闪闪，鼻孔里打出一长串喷嚏。

就在卫国狼狈不堪的时候，对方一仰脖子一抬手一瓶酒不见了，它们全都灌进了他的嘴巴。围观者发出惊叹，零星的巴掌声响起。卫国勇敢地举起酒瓶，学着对方的样子，把一瓶酒灌进嘴里。这是卫国平生第一次喝这么多酒，它们以迅雷不及掩耳之势流经他的喉咙，进入他的食道。也许是速度过快的原因，卫国对这瓶酒基本没有什么感觉。但是当局者迷，旁观者清。刘秧看见卫国的脸像被大火烧了一把，顿时红了起来。星星之火可以燎原，卫国不仅脸红了，连脖子也红了。

对方一仰脖子又喝了一瓶。他脱下墨镜，看着卫国，说我叫胡作非。卫国一听就知道这是北方口音。卫国说我是西安的，叫卫国。胡作非说你就把它想象成水，一咬牙就喝下去了。卫国真的把它想象成水，一咬牙喝下去。在喝掉这瓶酒后，卫国的脸突然变成了青色，但眼眶里应该白的地方，现在全变成了红色。卫国的脑袋晃了几下，靠在沙发扶手上。刘秧叫卫国。卫国扭头看着刘秧，就像一只垂死的狗看着刘秧。刘秧说别喝了。她冲到卫国坐着的沙发旁，想把卫国歪斜的身子扶正。她每扶一下，卫国的身子就滑一下。卫国快要滑到地板了。

突然，卫国雄赳赳地站起来，说别拉了，我没事。刘秧说这样喝下去你会没命的。卫国说五百元你不要了？刘秧说不要了。卫国说我从来不欠别人的钱，你不要，我也要还你。刘秧说你再喝我可不管了。卫国说你走吧。刘秧挤出人群，朝门口走去，她笔直的大腿苗条的身材在门口一闪就不见了。卫国想她终于走啦，在这个大厅里现在没一个认识我的。他们都不知道我是谁。

卫国收回目光，端起酒瓶，他的手和酒瓶晃动着，几滴酒洒落到茶几上。在胡作非眼里，这是多么珍贵的几滴。他说你的酒泼出来了。卫国把酒瓶放下，说我另喝一瓶。卫国拿起另一瓶，灌得嘴里发出咕咚咕咚的声音，就像一曲音乐。现场忽然安静，他们被这种美妙的声音打动。酒瓶搁回茶几，围观者这时才记住喘气。他们的喘气声此起彼伏。胡作非做了一个深呼吸，又拿起一瓶酒。他喝酒没有一点声音，人们只看到瓶子里的酒无声无息地减少。当他瓶子里的酒减到只剩下半瓶的时候，突然又回升了。胡作非把喝到嘴里的酒部分地吐回酒瓶，用手帕捂着嘴巴离开现场。

需要很大的力气，卫国才能睁开眼睛。他目送着被他打败的人消失在卫生间的门口。胡作非的身影刚一消失，卫国就瘫倒在地板上。他听到刘秧叫卫国，我们胜利了。卫国想原来她没有真正离开，她只是骗骗我，原来她没有离开。卫国轻轻地说皮……皮箱，快把那只该死的皮、皮箱拿来，里面有一瓶解酒药。刘秧说你说什么？我听不清楚，你能不能大声一点儿？卫国说皮、皮箱……刘秧摇晃他的肩膀，说卫国卫国，你别睡觉，我们胜利了。这是卫国听到的最后一句话。他感到很温暖，因为他听到了“我们”，还听到了“胜利”。

警察赶到现场，他们搜了一遍卫国的口袋，没有搜出任何东西，只搜出一把缠满头发丝的牙刷。一位警察举着牙刷问刘秧，这是你的牙刷吗？刘秧接过牙刷，拉开缠在牙刷把上长长的发丝，突然哭了。她举着那把牙刷说卫国，你这个流氓，你这个骗子，你竟然跟过其他女人，你为什么要骗我？骗我的感情。告诉我，这是谁的头发？你告诉我这是谁的头发？你跟她睡过吗？睡过多少次？你爱她吗？她有我可爱吗？她有我漂亮吗？她比我善良吗？她是不是一个麻子？是不是一个瘸子？是不是一个骗子？你怎么会跟这样的女人？她哪里有我好。说呀，她有我善良吗？卫国……刘秧拍了一下卫国的脸。卫国的脸部已经完全僵硬，刘秧再也摇不动他的膀子了。她把卫国僵硬的头枕到自己的腿上，继续哭。呜呜呜呜……卫国呀卫国……

哭着哭着，她忽然抬起头，说警察叔叔，他真的叫卫国吗？

## 19

十四岁的时候，卫国就开始想女人了。他记得那是一个夏天，有许多美好的事情跌跌撞撞地到来，空气里都是馒头的味道。河水光滑，天空干净，老师讲课的声音比鸟叫还好听。每当邻居的女孩从他家窗前走过，他的胸口就像填满炸药，爆炸一触即发。但迫于父亲的压力，他把导火线延长了再延长，发誓至少在成为教授以后才谈恋爱。由于这个誓言，他把二十八岁以前的所有精力都献给了力学。

这年夏天，年仅二十八岁的他被破格评为物理系副教授，于是他又闻到了十四年前馒头的味道。这种味道铺天盖地，像一张硕大的嘴把他一口含住。卫国被这张气味的大嘴咬得遍体鳞伤，细胞们都发出了呻吟。卫国想这不就是爱情的叫声吗？河水光滑天空干净，我讲课的声音比我的老师还动听。许多和卫国年龄差不多，或稍大一点儿又没评上副教授的同事都叫卫国请客。他们碰上一次卫国，就说一次请客，说得嘴角都起了泡，以至于这种评上副教授与吃饭的偶然联系，在他们的反复强调中快要变成了一种必然。但是卫国嘴里虽然哼哼地答应，却没有实际行动。他想时间迟早会败坏他们的胃口。

到了周末的中午，李晓东从食堂打了一个盒饭，一边吃一边往卫国的单身宿舍走。他每走一步就往嘴里喂一口饭菜，等他走到卫国的门前，正好把盒里的饭吃完，就像是掐着秒表吃的，就像是拉着皮尺量着距离吃的。他抹了一把嘴巴，用沾满猪油的手拍打卫国的房门。那扇油漆剥落的门板，因此而留下了他的掌印。掌印好像是拍到了主人的脸上，屋内立即传来一声懒洋洋的声音：谁呀？一听这声音，李晓东就知道卫国正在睡午觉。李晓东说是我。

房门裂开一条缝，缝里刮起一阵风。李晓东看见卫国穿着一条蓝色的三角裤和一件布满破洞的汗衫站在门缝里，说你有什么事？李晓东说没什么事，就是想找你聊一聊或者是下一盘象棋。卫国合上门，说我要睡午觉。李晓东把门挡住，说今天是周末，干吗要睡？卫国说你不是不知道，我有睡午觉的习惯。李晓东说核能专家卫思齐睡过午觉吗？卫国说他是他，我是我。他留过学，喜欢奶酪和生吃蔬菜，工作和生活习惯全盘西化，我又没留过学。

提到父亲卫思齐，卫国的睡意就去了一大半。他开始往身上穿一条松散的中裤。李晓东说如果你实在想睡午觉，我们只下一盘，半盘也行，我的手痒得快要犯错误了，就想摸一摸那些马那些炮。

平时，李晓东不是卫国的对手，卫国三下两下就可以把李晓东的老帅吃掉。但是今天的李晓东下得特别慢，他每走一步棋都要思考半天，甚至还频频上厕所。卫国说晓东，你的膀胱破了吗？李晓东像伟人那样用双手撑住下巴，两道眉毛锁在额头上，眼睛仿佛已经洞穿了棋盘落到了地板上，也许连地板也盯烂了。看着李晓东，卫国突然笑了一下，想得眉头都打结了，却一步棋也走不动，难怪评不上副高，脑子肯定是注水了。卫国捡起床头的一张报纸漫不经心地看着，等待李晓东往下走。

他把报纸从头到脚看了一遍，李晓东还一动不动。卫国想这哪里是下棋，分明是在谋财害命。他用报纸盖住棋盘，说不下了，不下了，还是睡午觉吧。

李晓东推开报纸，点燃一支烟狠狠地吸，一棵由烟雾组成的树立即从他的头上长起来。卫国又把报纸盖到棋盘上，用手指了指墙壁。李晓东顺着卫国的手指看过去，墙壁上写着“不准吸烟”。李晓东说今天可不可以例外？你都已经评上副高了，怎么还不让吸烟？卫国端起棋盘上的茶杯，举到李晓东叼着的香烟嘴上，香烟滋的一声灭了。一股风正好从窗口吹进来，把棋盘上的报纸吹到了一边。李晓东用讨好的口气说让我再看看。他知道这盘棋几乎走到了尽头，最多还有三步可走。但是西出阳他们为什么还没有来？他们不来，我就不能走这三步，不能把棋这么快输掉。卫国打了一声长长的哈欠，把刚才穿上去的中裤脱了下来，重新露出那条蓝色的三角内裤，说你这棋没法走了，还是睡午觉吧，别影响我睡午觉了。

卫国刚想躺到床上，就看见戴着高度近视眼镜的西出阳出现在门口。西出阳说你们还在下？我还以为你们不等我了。卫国说等你干什么？西出阳说不是说你今天请客吗？卫国跳下床，说谁说我请客了？谁说的？我有什么理由请客？西出阳说有人打电话给我，叫我到你这里来喝酒。卫国重新躺到床上，说真是抬举我了。这时一阵乱哄哄的声音从门口传来，吕红一、夏目漱和莫怀意像一群饥饿的难民来到卫国的房间。吕红一说都来了，那么说是真的了？听说卫国要请我吃饭，我还以为是别人造谣。卫国侧脸面对墙壁，装着没有听见。吕红一和夏目漱把他从床上架起来，一直把他架出门口。卫国说你们没长眼睛吗？我还没穿裤子。他们让卫国穿上裤子，然后又架着他往楼下走。卫国说你们还没吃午饭吗？西出阳说没有。卫国说李晓东，这是怎么回事？你不是吃午饭了吗？李晓东看了西出阳一眼，说吃过了再吃，现在就去吃。卫国说我还没有带钱包。莫怀意举起一个皮夹子，说我已经帮你带上了。

卫国被他们挟持到大排档。这是学院附近有名的大排档，百来张餐桌沿马路一字排开，站在这头望不到那头，到处都是弯腰吃喝的人群。他们的头低下去，膀子高耸起来，嚼食的声音像从扩音器里传出来一样响亮。西出阳之流从中午喝到晚上，喝掉了五瓶一斤装的二锅头。除了卫国，他们每个人都有些摇晃。夏目漱举起一杯酒递给卫国。卫国说我不喝。夏目漱说无论如何你得把这杯酒喝下去。卫国摇摇头。夏目漱强行把杯子塞进卫国的嘴巴。卫国紧咬牙齿，酒从他的两个嘴角分流而出滴到他的裤子上，裤子上像下了一阵雨。夏目漱想用杯子撬开卫国的嘴巴，但是卫国的牙齿比钳子还硬，酒杯被他咬破了。

餐桌上响起一巴掌，那是李晓东拍出来的，所有的碗筷和酒杯都战战兢兢，嘈杂的声音突然消失，目光都聚集在他的脸上。李晓东的手在头发上一撩，藏在里面的一条伤疤暴露在灯光下。他说卫国，你看看这是什么？卫国说一条又长又丑的伤疤。李晓东说知道它是怎么留在上面的吗？卫国说不是偷看女生洗澡跌破的，就是小时候要不到零花钱，一头撞到桌子上撞伤的。李晓东抓起一个酒瓶在桌上一敲，酒瓶的底部立即变成了牙齿，它像张开的鲨鱼嘴对着卫国的脸。李晓东说这酒我们喝得你为什么喝不得？告诉你，这条伤疤就是劝别人喝酒时留下来的。李晓东的半截酒瓶又向前递进一步。

卫国突然想离开餐桌，但是被夏目漱一把按住。这时吕红一抓住他的左手，夏目漱抓住他的右手，莫怀意按住他的肩膀，李晓东抓住敲烂的酒瓶，西出阳端起酒杯。卫国已被重重包围。西出阳把酒杯送到卫国的嘴边，像父亲对儿子那样亲切地说喝吧，何必亏待自己呢。西出阳一连往卫国的嘴里灌了五杯二锅头，大家才把手从卫国的身上拿开。大家把手一拿开，一直站着的手里捏着酒瓶的李晓东哗啦一声坐到地板上，就像一摊水洒在地板上。他已经醉得连站的力气都没有了。

整个餐桌被卫国那张比红墨水还红的脸照亮。他稳住身子，举起酒杯说晓东，你不是说要喝酒吗，来，我和你干一杯。卫国没有看见李晓东已经跌在地板上，他的酒杯在空中晃了一下，自己就喝了起来。

## 20

西出阳问卫国，喝了几杯后你最想干什么？卫国说想、想女人。吕红一说想谁？卫国说冯、冯尘……夏目漱说冯尘是谁？卫国一挥手，说现在我就带你们去见、见她。

卫国走在前面，其余的人都跟着他。李晓东实在醉得不行，就由莫怀意和夏目漱搀扶着。他们走走停停，像糨糊一样黏在一起，走的时候三个人一起走，斜的时候三个人一起斜。只有西出阳和吕红一还跟得上卫国的步伐。

他们来到女生宿舍门口，想从铁门闯进去。门卫拦住他们。卫国说你把冯尘给我呼、呼、呼出来。门卫对着话筒喊了几声冯尘。西出阳看见一个穿着花格子裙的女生从里面走出来。她的腰部细得一把就可以掐断，臀部却大得像个轮胎，胸前挺着的地方在昏暗的路灯中上下跳跃，像两个正在奔跑的运动员。西出阳预感到一件大事正朝着他们走来。女生前进一步他就后退一步。他后退一步，其他人也跟着他后退一步。他们一直退到阴暗的角落，只留下卫国一个人孤零零地站在铁门前，让门口那只一百瓦的灯泡照耀着他的头顶，同时也照耀着他头顶飞舞着的细小的蚊虫。

女生走出铁门，看见卫国站在离铁门十几米远的地方。那是什么地方？那是铁门前最明亮的地方。光线罩着卫老师。她慢腾腾地走过来，一边走一边朝四周看，没有发现别的人，就走到卫国面前，说是你找我吗？卫老师。卫国的鼻孔里喷出几声粗气，双手往前一合抱住冯尘，说冯尘，我、我……话没说清楚，他的嘴巴已经狠狠地撞到冯尘的脸上。由于撞击的速度过快产生了加速度，卫国的鼻梁一阵发酸。这一酸，使其他动作没有及时跟上。冯尘趁机扬手扇了他一巴掌。

门卫从铁门里跑出来，路过这里的学生也围了上来。都已经二十二点钟了，哪来那么多学生？他们像从地里冒出来似的，那么迅速那么密集。卫国的眼睛本来就模糊了，现在突然看见那么多学生，眼睛就更加模糊。他被那么多的学生吓怕了，紧紧地抱着冯尘，嘴里不停地说他们要干什么？

面对愈来愈多的人群，冯尘又及时地给了卫国一巴掌。这一巴掌把卫国的手打松了。他的身体像一件挂在冯尘身上的衣裳，沿着冯尘的身体往下滑落，而且还在冯尘的胸口处挂了一下。卫国横躺在地上，眼睛慢慢地合拢，像一个临死的人。冯尘这时才想起自己没有哭。我为什么不哭？我现在就放声大哭。冯尘哇的一声哭了。她哭着转身跑进女生宿舍。她的哭声就像一只高音喇叭，盖住了学生们的声音。

四名保安把卫国抬到保卫处的办公室。他们把他放到办公桌上，就像放一头刚刚杀死的猪。他们向卫国问话，回答他们的是鼾声和酒气。保安摇动他的膀子，摇啊摇，他们没有摇出话来，却从他的嘴里摇出一堆食物。保安乙端起门角的半桶水，对着办公桌上的那堆食物想冲。保安甲推开保安乙的水桶，说慢，也许这些食物对我们破案有用。四名保安立即围住那堆食物，他们的额头亲切地碰了一下，然后各自往后收缩了几厘米。他们看见这堆食物里包括了豆芽、鸡肉、苦马菜、竹笋以及……以及什么呢？他们再也看不清楚里面还包括了些什么。学院为了节约用电，只在他们头上安装了二十五瓦的灯泡。这样的灯泡无法分辨出这么一堆复杂的食物。保安丙从抽屉里拿出一个手电筒，手电筒的光正好把那堆食物罩住。但是除了豆芽、鸡肉、苦马菜、竹笋，即使再加几个手电筒，他们也没能多叫出一种食物的名称。在这堆食物中，有一块硬东西。保安乙说是没有嚼烂的姜。保安丁说是一块骨头。保安丙说他怎么会把骨头吞进去呢？保安甲说我看像一块石头。他们为那块坚硬的东西争论起来。

争了一会儿，保安乙把那半桶水提到桌子上，用一只口盅往卫国的嘴里灌水。水刚刚流进卫国的喉咙，只停了两秒钟便从他的嘴里喷出来，一直喷到天花板上，像一个小型的喷泉，水花四射，可惜没有音乐。他们不得不承认卫国是真的醉了，但是审问必须在今夜进行。他们赶走窗外的围观者，拉上窗帘，关上门，每人嘴里叼上一支烟。从他们没有完全被香烟堵死的嘴角，不时冒出：姜、骨头、石头。他们坐在办公室的沙发上，不时地争论，耐心地等着卫国开口。

等地板上铺满烟头的时候，卫国叫了一声水。保安甲扶起卫国，把一口盅凉开水递给他。他揉揉眼睛问保安甲，这是在哪里？保安甲说这是保卫处。卫国的口盅立即落到地板上。那是一只掉了把的搪瓷口盅，它落在地板上时没有发出破碎的响声，只是当啷当啷地在地板上滚动着，一直滚到门角才停下来。卫国说他们呢？保安甲说哪个他们？卫国说西出阳他们。保安甲说我没有看见他们。卫国跳下桌子朝门口走去。保安乙拦住他。他说别拦我，我要回家。保安乙说你把问题说清楚了才能回去。卫国说什么问题？保安乙说你对女学生耍流氓的问题。卫国说哪个女学生？保安乙说冯尘。卫国说不可能，这怎么可能？保安乙说怎么不可能，起码有三百多个学生可以作证。卫国睁大眼睛，头上像浇了一盆冷水，他现在唯一的念头就是尽快从这里逃走。

他挣脱保安乙拉开门想往外冲，保安丙立即用自己肥胖的身体堵住门缝，他的头撞到保安丙的胸口上。保安丙说你竟敢撞我？他本想向保安丙道歉，但保安丙已经把他推倒在地板上。他从地板上站起来，身体摇摇晃晃，丧失了平衡。他的手在空中挥舞着，想要抓住一件可靠的东西来稳住自己。他抓到了办公桌上的水壶。水壶摇晃一下，从桌上摔下去。一个水壶摔下去，两个水壶摔下去，三个水壶跟着摔下去。它们全摔碎了。保安丁说你竟敢砸保卫处的水壶？卫国听保安丁这么一说，身子竟然不摇晃了。他想才几秒钟时间，我又是撞保安又是砸水壶，这不是罪上加罪吗？我可是彻底地完蛋啦。但是我要从这里出去，我只想从这里出去，我不撞你们打你们不砸水壶不对女学生耍流氓，我真的只想从这里出去。

卫国抓起一把椅子护住自己的胸膛朝门边走。保安甲说你想打架吗？卫国说不，我要出去。保安甲说把椅子放下。卫国说只要让我走出门口，我就把椅子放下。但是我求你们，求你们不要往我的椅子撞。保安甲伸手去抓卫国手里的椅子。卫国把椅子高高地举起来，在举的一瞬间椅子腿挂到了保安甲的下巴。保安甲倒下了，下巴冒出一股鲜血。保安乙说你竟敢打保安？放下，你再不放下，我就把你铐起来。卫国想我又犯下了一条打保安的罪名，这下可真的完蛋啦，完蛋就完蛋吧。他举起椅子，朝玻璃窗砸过去，窗口上的玻璃稀里哗啦地塌下来。他一屁股坐在玻璃上，嘴里发出呜呜呜的哭声，哭声夹杂着说话声。我叫你不要往椅子上撞，你偏要往椅子上撞，这不是逼我吗？我都快三十岁了，还没谈过恋爱，都已经是副教授了，还没吻过女人。你们干吗还要逼我？

## 21

被卫国拥抱之后，冯尘给母亲打了一个电话。这一夜她几乎没有合眼。墙壁是黑的，窗口也是黑的。她看见一只手，正在黑漆漆的窗口上粉刷。那只手一来一往，把白色的油漆均匀地涂到方框里，刷子所到之处，窗口慢慢地变白。几丝黏稠的油漆从刷子上脱离，滴到窗台上，窗台于是也变白了。

天亮了，冯尘从床上坐起来，第一个念头就是去食堂打早餐。但是她想这是不是太正常了？我既不能去打早餐，也不应该去上课。冯尘重新躺到床上，一躺就躺到下午。这一次她是真的睡着了。

冯尘是被楼下的一阵气喘声惊醒的，那是哮喘病患者发出来的粗糙而又亲切的喘息声，现在它正沿着楼梯逶迤而上，一直逶迤到她的床前。听到喘息声隔着蚊帐喷到自己的脸上，冯尘突然想哭。但是她怎么也哭不起来。冯尘打开蚊帐，看见母亲红歌的眼圈让那些差不多要流出来的泪水泡红了。母亲抹了一把眼眶，说你哭过了吗？冯尘说哭过了。母亲说我想见见他。冯尘说可是我不想见他。母亲说你以为我真想见他吗？NO，是我的手掌想见他。自从接了你的电话，我的手掌一直都在躁动，现在已迫不及待了。冯尘说你想对他怎样？母亲说不怎么样，就想狠狠地扇他一巴掌。冯尘说我已经扇过了。母亲说他这么流氓，一巴掌算得了什么？一巴掌算是便宜他了。冯尘说还是算了吧，我还要在学校待下去。母亲说怎么能算了？我把你养大容易吗？我跟单位请假容易吗？好不容易来一趟，怎么能算了？你去不去？你不去我就一头撞死算了。

冯尘带着母亲来到卫国住宿的单身汉楼前。这时太阳正好偏西，光线照着她们的背部。尽管她们离楼房还有十几米远，但是她们的影子却先期爬上了楼梯。红歌比冯尘肥胖一倍，所以她的影子也比冯尘的影子肥胖一倍。她走一步骂一句，每一声骂都顶得上一颗炮仗。冯尘说妈，你能不能小点儿声？红歌说我干吗要小点儿声？又不是我要流氓。冯尘弯下腰，说妈，我的凉鞋坏了，我走不动了。红歌推了冯尘一把，说那就提着凉鞋走，告诉我他住在哪一间？冯尘指着四楼的一个房间。红歌甩下冯尘，朝着四楼飞奔而去。喘息声消失了，母亲身轻如燕，跑得比卡尔·刘易斯还快。

楼上很快就传来了拍门声和母亲的叫骂声：你这个流氓，为什么不开门？你怕了是不是？既然害怕，为什么还抱我的女儿？谁抱我的女儿，谁就不得好死。开门，快开门，让我看看你的脸皮有多厚？让我看看你的脸皮有几斤？让我看看你经不经得起我的一巴掌？

冯尘冲到四楼，看见母亲还执着地拍打着门板，每一次都把她肥大的手掌拍到门板的一个手印上。嘭嘭嘭……门板快要被拍垮了。冯尘的到来，使红歌的胆子更壮。她说你来得正好，现在你跟着我一起骂，我骂一句，你骂一句，一直把这扇门骂开。红歌清清嗓子，骂道：你也有父母，你也有姐妹，如果别人对你的亲人要流氓，你会怎么想？骂呀，冯尘，你怎么不骂？冯尘犹豫了一下，骂道：你也有父母，你也有姐妹，如果别人对你的亲人耍流氓，你会怎么想？红歌的手臂在空气中一挥，说你的声音比蚊子的声音还小，连我都听不清楚，他怎么会听见？你要骂大声一点儿，还要愤怒，就像我这样。红歌张开大嘴，提高嗓门：你也有父母……来，再来一次。冯尘张了几次嘴巴都没有骂成。她看见七八个老师围过来。冯尘说妈，你别在这里丢人现眼了。红歌说我丢什么人了？丢人的是他。你到底骂不骂？冯尘说不骂。红歌说你真的不骂？冯尘说不骂。红歌说原来你并不恨他，原来你跟他是一丘之貉。你不骂我骂。红歌扯着嗓门又骂了起来，谁对我的女儿耍流氓，谁就给我站出来，知道吗？这是要负法律责任的……

冯尘转身跑开。

## 22

西出阳跑到保卫处，看见四名保安端坐在各自的座位上，保安甲的下巴贴着一块纱布。西出阳问卫国呢？你们把卫国关到哪里去了？四名保安相互看了一眼，没有谁回答西出阳。西出阳说一定是出事了，卫国的房门和窗户紧闭着，冯尘的母亲在他门口骂了大半天都没有把门骂开。保安乙说我们已经把他放了，天差不多亮的时候他才从我们这里出去。西出阳说他会不会自杀？

保安乙说不会吧，我们只叫他按了一个手印，他连手都没有洗，就走了。西出阳说你们还是去看看吧。

保安乙和保安丙跟着西出阳来到卫国的房门前。红歌就像看见了救星，说盼星星盼月亮，终于把你们给盼来了。你们把他叫出来，让我扇他一巴掌，就一巴掌，否则我就站在这里直到把他骂死。保安丙推开红歌，拍了几下卫国的门板，大叫几声卫国。屋子里没有声音。保安丙解下皮带上的警棍，对着门框上的气窗来了一下，玻璃哗啦哗啦地掉下来。保安乙双脚往上一跳，两手抓住门上方的横条，做了一个引体向上，头部从气窗伸进去。他看见里面摆着一张床，床上铺着凌乱的床单，旁边一个锑桶、一个皮箱、一个衣柜、一个书桌、一把藤椅、一张小圆桌、四张折叠椅，就是没有人。他摇摇头，双手一松，身体落地，说他不在里面，除非他睡到床铺底下。他会睡到床铺下吗？他是什么职称？西出阳说副高。保安乙说那他不可能睡到床铺底下。我们没有逼供，他怎么会不见了呢？也许他出去喝酒去了。你叫什么名字？西出阳。保安乙说有什么情况随时向我们汇报。

一连两天，西出阳都在注意卫国的宿舍。一切迹象表明，卫国不在宿舍里。到了第三天下午，西出阳发现一股浓烟从保安敲碎的气窗里冒出来。西出阳一口气跑上四楼，双手扒到气窗上。他看见屋子里除了烟雾还是烟雾，一个模糊的身影正在烟雾里烧信件。西出阳说卫国，你千万别想不开，你千万别把那些论文烧了，别把研究宇宙飞船的资料烧了。卫国只管低头烧信，没有抬头看扒在气窗上的西出阳。西出阳扒了一会儿，手臂一松掉到走廊上。他甩甩手，休息一会儿，又重新扒上去。如此反复几次，烟雾愈来愈浓，那个模糊的卫国已经被浓烟紧紧地包裹。西出阳踢了几下门板。门开处，一股呛鼻的气味冲出来。卫国的身子摇晃一下，勉强靠在门框上。西出阳发现卫国的脸瘦了一圈，像脱了一层壳。西出阳说原来你真的在里面？他们没有看见你，你是不是睡在床铺底下？卫国用舌头舔舔嘴唇，说水。西出阳把耳朵贴到卫国的嘴上，说什么？你说什么？卫国说我要辞职。

## 23

卫国抱着讲义夹走进教室时，学生们还以为走进来的是一位新老师。等他站到讲台上，用目光在教室里扫了一遍以后，学生们才记起这张似曾相识的面孔。卫国瘦得连一阵轻风就可以把他吹倒。

教室里座无虚席，这使卫国的心里略略有一丝兴奋。他放下讲义夹转身在黑板上写下一个大大的 N 和一个大大的 S，然后指着 N 说，同学们，这是什么？学生们回答北极。他又用手指了一下 S，学生们回答南极。他说你们都知道，这是磁极中的南极和北极，它们只要稍微靠近就会紧紧地贴在一起。现在我给它们分别加上一个名字。卫国在N的旁边写上张三，在S的旁边写上李四。

如果给它们一加上名字，你们会想到什么？秦度你说说。秦度站起来，说它们一个是男人一个是女人。教室里滚过一阵笑声。卫国说坐下，冯尘同学。卫国朝冯尘看过去，一些知道内情的学生也跟着卫国的目光朝冯尘看过去。冯尘把脸埋在课桌上，一堆浓黑的头发盖住她的脸。卫国说冯尘同学，请你站起来回答问题。冯尘同学还是没有站起来。卫国叫周汉平同学。周汉平站起来。卫国说如果你看到N和S贴在一起会惊讶吗？周汉平说不会。卫国说但是你看到张三和李四贴在一起，是不是很惊讶？周汉平说有一点儿。

卫国拍拍讲台，一团粉笔灰蹿起来，像雪花弥漫。学生们再也看不见他，但是却听得见他。他说物与物异性相吸是一种我们司空见惯的现象，但是人与人为什么就不被司空见惯？其实我们都是女娲用泥巴捏出来的一种物。我们都是泥巴。在卫国的“巴”字声中，粉笔灰纷纷下落，卫国又重新回到学生们的视野。这时他看见周汉平仍然站着，就说了一声坐下。周汉平坐下。

我已经好几天没睡觉了，你们看，卫国摸了摸自己的下巴，说你们都快认不出我了吧？这时卫国发现冯尘的头发裂开了一道缝。她一定是在偷偷地看我。卫国举起一张纸，说知道我为什么这么瘦吗？就是为了这一份问卷。希望你们本着为老师负责的精神，认真地回答。

卫国从讲义夹里拉出一沓问卷走下讲台，分发给学生。问卷的内容包括“辞职有什么利弊？卫老师应不应该辞职？”等两项。发完试卷，卫国背着双手像平时监考那样在教室的空道里走来走去。他的身体在走，眼角的余光却落在冯尘的头发上。冯尘一直把头埋着。卫国想她还是碍于面子。这时，保安乙和保安丙拿着一个本子走进教室。卫国说出去，没看见正在考试吗？保安丙打开本子，说请你按一个手印。卫国说不是按过了吗？保安丙说那是耍流氓的，这是殴打保安和砸窗口的。卫国说你才耍流氓。我没有殴打保安，是保安自己碰到椅子上。保安乙说保安就是傻瓜吗？就会自己往椅子上碰吗？你把我们当什么人了？卫国说你们承不承认那晚我喝醉了？保安乙说打人的时候，你已经不醉了。卫国一转身，说同学们，真是冤啦，那天下午我们喝了五瓶二锅头，他们竟然说我没喝醉？真是岂有此理！你们知道我从来不喝酒，可是那天下午我们喝了五瓶，我一个人就差不多喝了一斤，他们竟然说我没喝醉？

说着说着，卫国发现所有的学生都在看着他笑。他们的嘴巴张大了，声音却没有传到我的耳朵里。我的耳朵出问题了吗？我干吗要跟学生说这些？卫国说能不能出去谈？保安丙说你不按手印我们就不出去。卫国夺过保安丙手里的本子，把右手的大拇指戳进印油，然后在本子上狠狠地按了一下。这下你满意了吧？卫国把本子丢到地上说，滚出去。保安丙捡起本子，退出教室。

## 24

下课时，卫国紧紧地攥着这些皱巴巴的问卷走出教室。他看见有的问卷上只简单地写着：利或弊；应该或不应该。有的问卷则长篇大论，话题从国外的政治经济形势引申到国内的政治经济形势，问卷的正面写满了，接着写问卷的背面，但是一直写到最后一个句号，也没讲明该不该辞职，没有给他指出方向。有一半的问卷上写道：卫老师辞职是我院的重大损失。也有几张问卷写着：与我无关。卫国在这一大团乱糟糟的问卷中翻来翻去，他在急迫地寻找熟悉的字体。终于他从四十多张问卷中找到了冯尘的那张，上面写着：弃权。

卫国的脑袋轰地一响。起先他以为是心理的，但仅仅千分之一秒钟疼痛就由脑门向全身扩散。这时他才明白，这是一次真正的响，他的脑门撞到了路边的水泥电线杆。他摸着正在起包的脑门自言自语：我又不是陈景润，为何要撞电线杆？他揉揉那个包，把问卷统统丢进垃圾桶。

同学们拿着饭盒从教室里出来，往第三食堂走去。冯尘最后出来，她的手里拿着一个铝饭盒。她一边走一边甩动手臂，像是要把饭盒里的水甩干。等冯尘来到面前，卫国叫了她的名字。冯尘张了一下嘴巴，满脸惊讶。卫国问为什么弃权？冯尘看了看周围，没有发现熟人，便站在原地不停地甩着饭盒。卫国说你的意见怎样？辞或是不辞？冯尘忍受不了卫国逼人的目光，扭头看着那只装满问卷的垃圾桶。卫国说我就想听听你的意见。冯尘的嘴巴动了一下。卫国以为答案就要从那里出来了，于是拉长耳朵等待。耳朵快拉到了下巴上，答案还没出现。卫国有一丝失望。卫国说你叫我辞，我就辞，我只在乎你的意见。冯尘又动了动嘴巴，问非得说吗？卫国说非得说。冯尘说辞得越快越好，别让我再看到你。

说完这句话，冯尘就拿着饭盒往前跑。跑了十几步，饭盒当啷一声掉到地上。她停下来捡饭盒，卫国追了上去。卫国说那天你母亲骂我，我全听到了。我已经没有父母，他们都死了。我也没有兄弟姐妹。我没有亲人，所以我不知道他们被人耍流氓时，我会是一种什么样的感受。冯尘捡起饭盒，骂了一声流氓，继续朝前跑。卫国对着她的背影说，我不是耍流氓，我是认真的。

流氓，你就是耍流氓，你要是再纠缠，我就起诉你。

## 25

卫国敲开西出阳的房门，看见西出阳穿着一条三角裤衩躺在床上。卫国说她恨死我了。西出阳说她不告你，已经很给面子了。卫国说我是真的爱她，如果不是醉酒，我会等到她毕业以后再表白。西出阳对着眼镜哈了一口气，用纸巾擦着厚厚的镜片，说那天晚上你是真醉或是假醉？卫国说不是你把我灌醉的吗？西出阳说我是第一个醉的，我什么也不记得了，我还以为你是装醉。卫国想他竟然不记得了，明明是他把我灌醉的，他竟然不记得了，竖子不足与谋。

敲了好久，吕红一才把门打开。卫国看见吕红一的房间里坐着一个女的，床下散落几团卫生纸，到处都是青草的味道。卫国说正忙呢？吕红一说没关系，进来吧。卫国走进来，坐到书桌前的藤椅上。卫国说她骂我流氓了，你说我还有没有戏？吕红一没说话，只一个劲地朝卫国点头，傻笑，还不停地跟姑娘挤眉弄眼。卫国想他根本就没听，于是刹住话头。吕红一以为卫国还在讲，头依然在点，脸依然在笑。卫国说你点点点什么？我都不说话了。吕红一啊了一声，说我一直在听呢，你为什么不说了？卫国说我就想请你帮我判断一下，我对冯尘还有没有戏？吕红一笑笑，说你说什么？卫国从藤椅上站起来，说你根本就没听我说话。

站在楼外的草地上，卫国的额头上挂满汗珠。他把狐朋狗友都想了一遍，顿觉这个中午没有一点儿意思，虽然阳光灿烂，蝉声高唱，但就是没意思。他不知道下一步该往哪里，便漫无目的地走着，走到了莫怀意的门前，看见门板上贴着一张字条：“本人已出差，有事请留言。”一支铅笔吊在门框上轻轻地晃动，一沓裁好的纸片装在一个纸盒里。卫国好奇地把那些纸片掏出来，纸片上干干净净，一句留言都没有。卫国把那些纸片放进去，再往前走两间，到了夏目漱的房间。他敲了敲门板，里面无反应，便把耳朵贴到门板上，什么也没听见。难道你们都出差了吗？

现在所有的希望都寄托在李晓东身上。卫国朝前走了三百米，转了两次弯，来到十九栋李晓东的门前。李晓东的门敞着，他正平举哑铃做扩胸运动。卫国说晓东，我是来跟你道别的，我要辞职了。他的语气里有一丝凄凉，把李晓东的热汗吓成了冷汗。李晓东放下哑铃，伸手摸卫国的脑门，说你没有犯病吧？卫国打掉李晓东的手，说你才犯病。李晓东说不犯病干吗辞职？开什么国际玩笑？你刚评上副高，干吗要辞职？卫国说不干吗。李晓东摇摇头，捡起哑铃又练了起来。卫国听到他的喘气声愈来愈粗，忽然，他冒了一句：你怎么会辞职？我知道你是在跟我开玩笑。卫国转身离去。

午休时间，校园的大道上只有稀稀拉拉的几个人。卫国走在大道上，有些迷茫。身后，突然刮起一阵风，半张报纸吹到他的脚后跟。他朝报纸踢了一下。报纸似乎害羞了，停在原地打转，等卫国往前走了几步，它又跟上。卫国拐弯，它也跟着拐弯，好像它是他养的一只宠物。卫国弯腰把报纸捡起来，瞄了瞄，发现上面登着一则招聘启事。卫国赶紧拍掉报纸上灰尘，眼睛顿时亮了。

## 26

收拾好皮箱，卫国想总得找个人告别吧，有谁值得告别呢？没有。他呆呆地坐在皮箱上，看着手表，鼻孔里涌起一股酸涩。他抽抽鼻子，说冯尘，对不起，请接受我的道歉，请原谅。墙壁静悄悄的，上面贴着“不准吸烟”四个字。

卫国提着皮箱朝校门走去。几辆的士从他面前驶过，他没有招手。他想一步一步地走出这个他生活了几年的校园，甚至还想量一量从他住宿的地方到校门口到底有多少米？他一步一步地量着，当他量到莫怀意宿舍的时候，忽然想弯进去给莫怀意留几句话。也许，他是值得我告别的，也许他一点儿也不值得我告别，但是，我总得跟一个人告别，我不是灰尘，又不是风，我得留下信息，免得他们报案或者到河里去找尸体。

怀意兄，我没脸待下去了，我走了。

卫国看看自己的留言，似乎是不满意。他把纸片捏成一团丢到地上，掏出一张新的纸片另写。他写道：怀意兄，只有你才是我的兄弟，所以我要告诉你，我走了。卫国看了一会儿留言，摇摇头，又把纸片捏成一团，丢到地上，重新掏出一张，发了一会儿呆，然后写道：怀意兄，不要问我到哪里去，我的故乡在远方。

他对着纸片又看了一会儿，仍然不满意。他不知道写什么好，拿着铅笔的手开始抖动起来，新的纸片被他戳出了好几个洞，一滴泪掉到纸片上。卫国想我哭了吗？我怎么哭了？真没出息。卫国抹了一把眼角，写道：怀意，请代我向冯尘道个歉，我去海边找工作，谢谢！你的朋友卫国。

## 27

卫国提着皮箱爬上一列南下的火车。火车驶出郊外，他透过车窗看见学院的围墙和冒出围墙的楼房、树顶。多么熟悉的围墙，多么浓烈的酒味。卫国闻到了从几公里之外的校园飘过来的酒味。

火车哐当哐当，窗外闪过一座座村庄和一排排树。卫国突然感到脖子上奇痒难耐，用手抓了一下脖子，抓出一根头发。头发愈拉愈长，他用双手把它绷直，发现这是一根微微卷曲的头发，发梢染成黄色。目测，头发长约六厘米。谁的头发？卫国看看对铺，是个短发男人，抬头，看见一位女人盘腿坐在中铺梳头。她的身子微微外倾，头发悬在空中，每梳一下，就有几根头发掉下来，落在卫国的头上、肩上。

女人发现卫国瞪着两只涂满生血的眼睛，目不转睛地看着自己，忙从中铺跳到下铺，嘴里不停地说对不起，我不是故意的，我马上给你拈掉。她的手指在卫国的脖子上和肩膀上拈了起来。她拈一下，卫国的脖子就缩一下，好像她不是在他的脖子上拈头发，而是往他的脖子里放冰块。拈了一会儿，她的手里累积了十几根长发。她把长发缠到牙刷把上，绿色的牙刷把变成了黑色的牙刷把。

火车在她缠完头发的时候到达一个车站，车窗外挤满食品推车，七八根粗细不一黑白分明的手臂从窗口伸进来。她从那些手臂上买了一大堆食品。拿到钱的手臂从窗口退出去，但新的手臂又举着食物伸进来。手臂们坚持着，一直等到火车晃动，才恋恋不舍地消失。

当她确认火车已经启动，便把一只鸡腿高高地举起，递到卫国的嘴边，说吃吧。卫国摇摇头。她说别客气，我叫顾南丹。卫国说不饿。顾南丹说不饿也得吃，谁叫我的头发掉到了你的脖子上呢？这只鸡腿，算是我给你的精神赔偿费。卫国接过鸡腿，放到边桌的饭盒上。火车晃了一下，鸡腿差点儿滚下来。

卫国的双手及时护住鸡腿。

所有的人都在吃，包括顾南丹。他们满嘴流油。车厢里充斥着鸡腿、牛肉干、方便面、瓜子和花生的气味。在他们呱哒呱哒的嚼食声中，卫国忽然内急。他弯腰从卧铺底掏出皮箱，提着它往过道走，不小心，皮箱角挂住顾南丹的裙角。他每往前走一步，顾南丹的裙子就被撩起来十厘米。十厘米又十厘米，顾南丹的红裤衩都几乎暴露无遗了。关键时刻，顾南丹扯下裙角骂了一句流氓。卫国对“流氓”这两个字特别敏感，警惕地回头，发现顾南丹的脸唰地红了。卫国本想解释，但他实在是急得厉害，便提着皮箱朝厕所跑去。奔跑中，他的皮箱对过道上的人都进行了合理的冲撞。凡是被皮箱合理过的人，都盯着卫国，他们看见厕所那扇狭窄的门，快要让卫国和他的皮箱挤破了。

等到厕所外排起了长队，卫国才提着皮箱大摇大摆地走出来。这一下他轻松从容多了。他慢腾腾地走回自己的卧铺，看见他们还在吃，但是个别同志已经在用牙签剔牙齿了。卫国把皮箱塞到卧铺底下，打了一个饱嗝，伸了一个懒腰，一副酒足饭饱的样子。顾南丹吐出一粒瓜子壳，说我以为你要到站了。卫国说时间还长呢。顾南丹说那你刚才去哪里了？卫国说厕所。正在吃的人们听说他刚上厕所，都离开他站到过道上去吃。顾南丹往嘴里丢了一粒瓜子，说上厕所干吗提着皮箱？卫国说你知道这是一只什么皮箱吗？顾南丹说不就是一只皮箱吗？卫国说它是我爸爸留苏时用过的皮箱。我爸爸，你知道吗？顾南丹说我怎么知道？卫国说卫思齐，著名的核能专家，参加过中国的第一颗原子弹爆炸试验。顾南丹像真的看到原子弹爆炸那样惊讶地张开嘴巴。

这是一张稍施口红的小嘴巴，在它张开的时候，粉红色的舌头上还搁着一粒黑瓜子。卫国的欲望被这张嘴巴挑逗，全身的皮肉在一刹那绷紧。他学着她的样子，也张了一下嘴巴，但是顾南丹没有被卫国张开的嘴巴吸引。卫国想是不是自己张得太大了，像一头河马，搞不好还有口臭。

卫国盯住顾南丹。顾南丹扭头看着窗外。卫国紧盯不放。顾南丹死鸡撑硬颈，坚持了一会儿，最终还是抵挡不住卫国的流氓习气。她抓起茶杯。卫国说去哪里？顾南丹说打水。卫国抢过她的茶杯，说我去帮你打。卫国像一个小孩，兴奋地跑过去，很快就打回了一杯热气腾腾的开水。卫国指着杯里的开水说，你怎么能自己去打水，万一烫伤了怎么办？你看看，你的皮肤那么嫩，哪里经得起烫。你的身材那么苗条，火车稍稍一晃，你就有可能跌倒。顾南丹眉开眼笑，说不至于吧，你是去北海吗？卫国点点头。顾南丹说旅游？卫国摇头。顾南丹说到北海的人大部分是旅游，到北海不到海边住几天，冲冲浪，那简直是白到。卫国说我连海都没见过。顾南丹再次惊异地张开嘴巴，说不会吧，怎么会呢？

让顾南丹不停地张开嘴巴，是卫国期待的效果。他想一路上我要以她不停地张开惊讶的嘴巴为目的。于是卫国开始说一些他看到过的故事和新闻。他说有一个歹人，在酒里下了蒙汗药，把一对夫妇灌醉，抢了他们十万多块钱，然后反绑他们的手，把他们塞进一个油桶……顾南丹的脖子缩了起来，说太可怕了，你别说了，我想下去买一个哈密瓜。卫国说等火车一到站，我就下去买。顾南丹说火车早就到站了。这时，卫国才发现火车已经到了一个小站。他跑下去买了一个大大的哈密瓜，放到边桌上。火车鸣了一声长笛，哈密瓜晃动起来。卫国和顾南丹同时把手按到哈密瓜上。他们的手碰到一起。站台渐渐退去。卫国说装进油桶还不算什么，他还用水泥把油桶封死，然后把油桶沉到河里。这成了一桩悬案，但凶手想不到半个月之后，河水突然枯干，油桶浮出水面，有好奇的人戳开油桶，发现里面封着两具死尸。公安局接到报案后，立即展开侦破，最后发现凶手是死者生前的好友。

顾南丹再次惊讶地张开嘴巴，甚至还伸出舌头。她终于伸出舌头了。卫国说所以小顾，出门千万要小心，不要相信任何人。顾南丹说那么我应该相信你吗？卫国说当然，我是什么人？我是好人。顾南丹说好人和坏人又不写到脸上，谁知道？

卫国在脑海里搜索另一个故事，想再吓吓顾南丹。但顾南丹不买账，她打了一个哈欠。卫国说想睡了吗?顾南丹说好困啊。卫国说你睡我的下铺吧，省得你爬上爬下的。顾南丹说那就谢谢了。卫国说我们还没吃哈密瓜呢。顾南丹从包里掏出一把长长的水果刀。卫国把哈密瓜破开。他们吃了几瓣哈密瓜就睡觉。

卫国睡到中铺，顾南丹睡到下铺。

# 目光愈拉愈长

刘井推了一把马男方的膀子，说你怎么还不起床，太阳已经照到你的屁股上了。马男方像一根木头在床上滚了一下，说你的手怎么这么冰凉？刘井说我能不冰凉吗？我从起床到现在已经挑了三挑水，煮了一锅猪潲，熬了一锑锅稀饭，我的手能不冰凉吗？我的手不冰凉才怪呢？这时太阳正穿过屋顶破烂的瓦片，照到马男方的屁股上，他像河马一样张开宽大的嘴巴，然后扬起宽大的手掌重重地拍打屁股。他像是拍打蚊虫又像是拍打阳光，哔哔叭叭的声音比放炮仗还响亮，似有一颗打不到蚊虫誓不下战场的决心。尽管他这么拍打着，已经在屁股上拍出几根香肠一样的手印，但是他还没有醒来，好像那只巴掌不是他的巴掌，那个屁股也不是他的屁股，好像是一个屠夫正在拍打案板上的猪肉。

刘井说今天太阳这么好，我们去把南山上的稻谷收了，如果再不收回来，它们就会全烂在地里，明年我们就没得吃的。马男方好像没有听见，他的鼾声竟然在大清早响亮起来。刘井想这哪里是农民的鼾声，这明明是干部的鼾声。马男方啊马男方，你打出了干部的鼾声，却没有干部的命运。马男方在床上又滚了一下，说我喝醉了。听他这么一说，刘井真的闻到了一股浓浓的酒味。刘井说你总是说喝醉了，好像喝醉了就可以不劳动，就可以睡大觉，就可以心安理得地剥削我，你就不能不喝吗？马男方扬手在耳朵边不停地扇着，仿佛要把刘井的声音赶跑。刘井知道现在要马男方起床，除非是太阳从西边出来。这么些年为了叫马男方起床，她差不多把嘴巴都说烂了。但是我不得不说，我要生活，我们全家都要生活，刘井嘟囔着，我先去南山的田里割稻子，中午你送饭给我，顺便跟朱正家借打谷机，叫上几个人把谷子全收了。马男方说好的。这一声马男方说得十分清脆响亮，有一点儿男人的样子。等刘井准备好镰刀背篓快出门时，马男方突然在床上叫了起来。刘井说你叫什么，有话你出来跟我说。马男方说现在我还不想起床，我喝醉了，我只是想问你一定怎么办？谁负责带一定？刘井说我带，现在我就把一定带上，这样我也有一个伴。

刘井站在门口喊一定，马一定……她的喊声刚刚落地，马一定就站在她的面前，手里捏着一团黄泥。他的脸上屁股上手上到处都是黄泥，整个人像是用泥巴捏出来的，而不是她从肚子里生下来的。刘井在马一定的屁股上拍了一巴掌，许多灰尘朝着她的鼻子冲上来，落在她的头发上。她本来是想把马一定身上的灰尘拍掉，但是现在她只不过是把马一定身上的灰尘转移到了自己的身上。她说一定我们走吧。马一定于是跟着他的母亲往南山的方向走去。他的手里仍然捏着那团泥巴。泥巴是他最喜欢的玩具。

八岁的马一定只有刘井的腰部高，他的头正好碰到他母亲的背篓底。他们每向前走一步，背篓就敲打一下马一定的头。刘井说一定，你在前面吧，你的头又不是铁做的，怎么经得起背篓的敲打。马一定说不。马一定不愿走在她母亲的前面，他一手捏着泥巴，一手拉着他母亲的裤子。

南山的稻田在五里地之外，路愈走愈长愈走愈小。山坡上除了虫子的叫声之外，没有一点儿多余的声音。太阳照着茅草和树木的头顶，肥大厚实的叶片像打破的玻璃，反射出细碎的光芒。那些被太阳照着的地方，很快就要烧起来了，并且发出奇怪的吱吱声。这种声音比虫子的声音更响，比人的声音更亲。刘井感到自己的裤子被什么咬了一下，脖子很快地扭了回去。她看见一定倒到地上。一定说妈，我走不动了。刘井蹲下来，说一定，你爬到我的背篓里来。马一定爬进他妈的背篓里，咿咿呀呀地叫喊着，不停地伸手去抓路边的树叶。他的手里除了那一团泥巴外，现在又多了一把树叶。他说妈，我要撒尿。刘井说想撒你就撒。马一定站在背篓里，对着后面撒尿。他母亲一边往前走，他一边往后面撒尿，路上便留下一道淋湿的水痕。

刘井在稻田里割了一个上午，山路上仍然不见马男方送饭的身影，打谷子的人也没有来。她想马男方一定是睡过头了，或者又喝醉了。她的肚子里堆满气，并且发出一串古怪的叫声。她感到从来没有过的饿，像有一只长着长长的指甲的手，在她的肚子里不停地抓。她伸长脖子在田野里找一定，没有一定的身影。她叫一定……声音小得连她自己都听不见。她又叫了一声一定，一定从别人家已经收获过的稻草堆里钻出来，头上沾着几丝稻草。刘井说一定你饿了吗？马一定说我已经饿了很久了。刘井说饿了你先喝几口水，田角那里有一窝水，你先喝喝，一会儿你爸爸就给我们送饭来了。一定说我已经喝过好几次了，现在我的肚子里全是水，再喝肚子就会胀破。刘井说那你给我用树叶包一点儿水过来。马一定从稻田边摘了几张树叶，在水洼里给刘井包水。他刚把树叶从水洼里提起来，水就全漏光了。他又重新把树叶放入水中，这次他手里的树叶包住了一点儿水。他小心地拿着水走向刘井。刚走几步水又全漏光了，他把树叶扔在地上，说你自己过来喝吧。刘井说你怎么能够这样，你没看见我忙吗？既然你不给我包水，那你就来割稻谷。刘井把镰刀丢在田里，朝田角的那个水洼走去。她伏下身体看见自己额头上除了汗就是稻草皮。她把嘴巴放到水洼上拼命地喝了几口，感到肚子一片冰凉。喝水后，她感觉有了一点儿精神。她说一定，你怎么还不去割稻谷，你不要和你爸爸一样懒。你们都懒了，我怎么养活你们。

马一定拿着镰刀仍然站在那里。刘井说你实在割不了，你就过来给我捶捶背。马一定跑过来给刘井捶背。刘井闭着眼睛，说你猜猜你爸爸会给我们做什么菜？马一定说酸菜，除了酸菜还是酸菜。刘井说那不一定，也许我们家的鸡正好下蛋了，你爸爸会给你做个煎鸡蛋。

刘井和马一定到水洼边的次数越来越多，他们喝过之后便不断撒尿。刘井已经没有力气割稻谷了。刘井说马一定你回去叫你爸爸送饭来，你告诉你爸爸如果他今天不来收稻谷，明天我就跟他离婚。这已经不是第一次了，他太欺负人了。一个大男人整天躺在床上，靠一个女人养着，这算怎么一回事？

马一定提着裤子往家里跑。刘井说你要快一点回去，不要在路上玩，要快去快回。马一定嘴里哎哎地答应着。

刘井继续割着稻谷，她一边割一边想一定现在应该到枫木坳了，现在已经到紫竹林了，现在肯定进家了。马男方或许还睡在床上，我就算到他还睡在床上。马男方还睡在床上不要紧，他本来就是一个靠不住的人。而一定是个聪明的孩子，他会把我的话转告马男方。听到离婚，马男方准会从床上跳起来。跳起来之后他就会记住要给我送饭，就会到南山来收谷子。即使马男方不跳起来，他喝醉了仍然睡在床上，一定也会从锅头里装好饭送给我。

刘井这么想了一次又一次，她故意放慢马一定行走的速度，在脑海里为马一定制造几个困难，甚至想象马一定刚刚出发，以便自己能够耐心地等待。但是等啊等，马一定还没有送饭来，马男方也没有来。她想我不能再这样等下去了，再这样等下去我就会饿死。她捆好一捆割倒的稻谷，放在背篓里，双手试了试重量，看了看回家的路程，然后又多捆了几把。她想回家的路程很远，而我的力气又只能背这么一点点。她看着那些割倒的稻谷，心里痛了一下。

刘井背着稻谷来到枫木坳。她看见马一定睡在一块石板上，马一定的脸上爬着几只蚂蚁。听着马一定均匀的鼾声，刘井心里一下就硬了。她大声吼道你原来在这里睡觉，你差不多把我饿死了。她扬手打了马一定一巴掌，马一定从石板上爬起来，摸摸被刘井打过的头部，好像突然记起了自己的任务。他说妈妈，我实在是走不动了，其实我和你一样饿。刘井的肚里一阵乱叫，她刚才喝下去的水现在直往外涌。她往地上吐了一口水，说我现在不想见你，你和你爸爸一个样，你们快把我气死了。马一定的眼睛里含着泪水，他很想哭但最终没有哭。

刘井背着稻谷往前走，马一定跟在她的身后。他们谁也不说话，默默地走着。走了好长一段路，刘井没有听到脚步声。

她回头一看，灰色细小的土路上，没有马一定的身影。她放下背篓往回走，走了大约半里路，才发现马一定又倒在路边的石板上睡着了。她背着熟睡的马一定往前走，走到背篓边，她把马一定放下来，说走吧，现在你走在前面。马一定一边打瞌睡一边往前走，有好几次他差不多走到路坎下。走着走着，刘井突然听到马一定喊痛。刘井说哪里痛？马一定说脚。刘井现在才看见在马一定走过的路上，有几滴血迹。马一定的脚板磨破了。马一定站在说痛的地方，血还在流着。刘井说你为什么不穿鞋子？你出门的时候为什么不穿鞋子？马一定说我没有鞋子，从天气热之后，我就没有穿过鞋子。刘井说我不是不想给你买，只是家里没钱，现在你坐到我的背篓上来。刘井把背篓靠到土坎边，等待马一定坐到稻谷上。马一定看看刘井背篓里那捆大大的稻谷，摇晃着头说不。刘井说那怎么办呢？你又不上来，你又不能走。马一定说我能走。刘井说真的能走？马一定说真的能走。马一定像一只受伤的狗，提着左脚一歪一倒地走着。刘井看着他走出去好远，才跟了上去。

回到家里，大门敞开着，天上已经没有太阳了，几只鸡在屋子里走来走去。刘井看见马男方还躺在床上没有起来，屋了里的酒气比早上出门时还重。马男方好像醉得很厉害，连刘井回来他都不知道。刘井故意把声音弄得很响，马男方仍然不知道。刘井想现在我没有力气跟你吵架，等我吃饱了再收拾你。刘井揭开锅头，早上她煮的稀饭一粒不剩。炉子自她离开后没有人动过，猪潲也没有人动过。看到猪潲刘井才听到猪的嚎叫，现在猪的叫声比有人用刀杀它还难听。这么说马男方除了起来喝稀饭喝酒之外，一直躺在床上，刘井想。

刘井煮了一锅雪白的米饭，它把马一定的眼睛都雪白得痛了。刘井说一定，今晚我们比赛吃饭，能吃多少吃多少，别亏待了自己。刘井还没把话说完，马一定已经把头埋到了碗里。刘井说你也别吃得太猛了，如果自己噎着自己，那才亏上加亏。刘井慢慢地吃下三碗米饭，感到力气又回到自己的身体。她想现在要吵要打我都不会怕谁。她走进卧室，在马男方的膀子上狠狠地拍了一巴掌。马男方的身子抽搐一下，说你要干什么？是不是欠打了。刘井说打吧打吧，再不打你就没有机会了。马男方从来没有看见刘井这么强硬过，他睁开眼睛，有点不相信地看着刘井，说你要干什么？马男方的口气明显疲软了。刘井说我要跟你离婚。马男方说不就是离婚吗，我以为是什么大不了的事，离就离。马男方说完，又继续睡觉。

一个小时之后，马男方突然从床上爬起来。他说你为什么要离婚？你得找出个理由。刘井说还要找什么理由？你最清楚我的理由。马男方说我冤枉啊我冤枉。马男方叫喊着，跳跃着，好像有天大的冤枉无处申冤，一点儿也没有醉酒的痕迹。马男方说你的理由是不是因为我今天没有给你送饭？可是我告诉你，今天我病了，只要是人都会有病，你敢保证你没有病吗？敢不敢保证？打仗的时候抓到俘虏，如果俘虏有病都要关心他，何况我不是俘虏，而是你的丈夫。在你丈夫有病的时候，你不仅不关心你丈夫的病，而且还要提出跟他离婚，你有没有一点儿良心？你以为我不想给你们送饭吗，我不给你送也得给我的儿子送，当时我躺在床上想到你们还没有吃饭，心里比谁都急。只是我怎么也爬不起来，我当时一点儿力气都没有，真的，一点儿力气都没有。如果有的话，我就爬起来给你们送饭了。我不仅会给你们送饭，还会给你们杀鸡、煎鸡蛋。你想想天底下哪里还有这么好的丈夫？刘井说你的病除了懒，还是懒。你的这个病有好几年了。

第二天早上，刘井认真地梳了一回头，用香皂抹过脸，从柜子里找出一套平时舍不得穿的衣服穿在身上，然后对着床上的马男方说我先走啦。马男方说你走去哪里？刘井说去乡政府离婚。马男方说你真的要离？刘井说我说话算话，你是大丈夫说话更要算话。

刘井朝乡政府的方向走去。她的脑子里现在全是那些她昨天割倒的稻谷。她看见那些稻谷随着时间的推移正在腐烂。但一想到马上就要跟马男方离婚了，她浑身是劲。稻谷算什么明年算什么饥饿算什么？她离乡政府愈来愈近，离稻谷愈来愈远。在快要进入乡政府的时候，她回头看了一眼她走过的地方，没看见马男方。她想他是不是不来了？她站在街头等马男方。街市上基本没什么人，只有几个卖菜的和几个干部在街上走来走去。她从衣兜里掏出一面小圆镜，偷偷照了一下自己，没有发现不满意的地方。她看着自己满意的脸蛋，想马男方现在你知道我的厉害了，现在你要后悔了。她把镜子偏了一下，身后的土路也照到了镜子里。她看见马男方提着一只酒壶正从镜子里朝她走来。她张大嘴巴，吐了一下舌头。她想我为什么要吐舌头呢？难道我害怕了吗？我一点都不害怕。

他们在乡政府二楼找到民政干事谢光明。谢光明大约有四十岁，头已经秃顶。在刘井的印象中，他们结婚也是他给登的记。谢光明说你们要干什么？离婚。离婚干什么？是不是吃饱了没事干？是不是认为离婚好玩？是不是觉得乡里的事情太少了？首先我问你们，你们晚上在不在一起睡？在一起睡。在一起睡为什么还要离？你们还睡在一起这说明你们的感情还很好，感情不好的人会睡在一起吗？你们见过没有感情的人睡在同一张床上吗？没有。对吧，没有，绝对没有。所以你们不能离婚。还有你们有没有小孩？你们考虑过没有，离婚对小孩有多么大的伤害。小孩是跟爸爸呢或是跟妈妈，你们考虑过没有？没有考虑。没有考虑怎么来离婚？还有家产什么的都得考虑，你们把这些都考虑好了再来找我。刘井说谢干事，你说一张床是怎么回事？谢光明说就是说你们要离婚的话，两年之内不能睡在一张床上。刘井说我们家只有一张床，我们的儿子也跟我们一起睡。谢光明把手一挥说那就别离了。

他们从乡政府的二楼走下来，马男方竟然吹起了口哨。刘井说你别太得意了，离是迟早的问题，不就是两年吗，谢干事说只要两年不睡在一起，我们就可以离婚。从今天起，你睡你的我睡我的。马男方说想离，没那么容易，谢干事不同意我们离，你就别想离，还有孩子，我要他永远姓马不姓刘。刘井说你连自己都养不活，还有什么资格提孩子。刘井想还有两年时间，我还要被他剥削两年时间，还要为他种两季水稻、四次玉米。刘井突然想起田里没有收割的稻谷，那是他们的稻谷，既然没有离婚那就是他们一家人的稻谷，是全家明年的口粮。如果我知道是白跑一趟乡政府，还不如叫人去把稻谷收了。刘井挽起裤脚，开始往家里跑步前进。马男方站在小卖部打酒，他对着奔跑的刘井说马一定是属于我的，如果你愿意把马一定让给我，我就跟你离婚。刘井说君子报仇，两年不晚。

刘井手里提着镰刀，站在朱正家的门口。朱正坐在堂屋抽烟，烟雾像一团乱麻缠着他的脑袋，而且愈缠愈大，好像他的脑袋正在生长。但是他的眼睛是明亮的，他能透过烟雾看见刘井的脸。他说刘井你的眼睛红得快出血了，你的镰刀磨得那么锋利，你是不是想把谁杀了？我们朱家可没有人得罪你。刘井举起镰刀说我想把马男方杀了。朱正说杀不得杀不得，他是你的丈夫。朱正从烟雾里走过来，夺下刘井的镰刀。

刘井借了朱正和朱正的弟弟朱木朗两个劳力，还借了朱家的打谷机。他们一行三人朝南山的稻田走去。朱家的兄弟抬着打谷机走在前面，刘井背着背篓提着镰刀走在后面，许多碰上他们的人都问马男方呢？马男方怎么不去收谷子？刘井说马男方已经死了。

等马男方从乡里回到村里，人们告诉他朱家的兄弟为他收谷子去了。马男方说去就去了，有什么大惊小怪的。中午，朱木朗送回来一担谷子，顺便回来拿午饭。马男方问朱木朗现在田里还有些什么人？朱木朗抹着汗水，张大嘴巴很久说不出话来。他的嘴张了很久，终于合到了一起。他说你让我喘一口气，你先让我喘一口气再问好吗？马男方看着朱木朗的这副模样，竟然笑了起来。马男方说你真不中用，我像你这年纪的时候，一天来回跑六趟也没有累成你这副模样，现在的年轻人愈来愈不像劳动人民了。朱木朗正在喝一大瓢冷水，他的脸和头全被瓢瓜盖住。当他听到马男方说他不像劳动人民的时候，他被水呛了一下，瓢瓜里没有喝完的水从他的两个嘴角流出，就像瀑布一样飞流直下。朱木朗说你像劳动人民你为什么不去收你家的谷子？

为什么还要我们帮你收？要说不像你才不像。

马男方突然记起了刚才的话题，他再次问稻田里还有什么人？朱木朗说我哥，还有你老婆。马男方双手拍着屁股，像被人捅了刀子，原地跳起一尺多高。他在跳跃中张大嘴巴，做出一副要哭的样子，说你怎么能把他们两个留在田里？你这不是害我吗？你不是成心要使我们夫妻关系破裂吗？他们两个在田里不知道要闹出些什么名堂？你难道还不知道他们的关系吗？他们一直在找这样的机会，现在你把机会白白地送给他们了。这种机会用钱都买不来，打着灯笼都找不到。如果你给我这样的机会，我愿意出钱收买你。你为什么不让朱正回来，你留在田里？朱木朗说你不放心，现在你就到田里去。马男方说现在去还有什么用？那只不过是几分钟的事情，该做的他们已经做了，我去还有什么用？为了他们的几分钟，我要跑五里路。马男方看看天上的太阳，好像是在计算一下为了那几分钟跑五里路划不划算。马男方甚至站到阳光之下，朝南山的方向张望。他说现在一切都晚了，都没有办法补救了，你快一点儿回到田里去，最好是跑着回去，愈快愈好，否则他们会来好几个几分钟。那样田里的稻谷今天收不完，明天也收不完，后天也收不完，子子孙孙都收不完。

马男方对着朱木朗的背影喊朱木朗，你走快一点儿，你怎么有气无力地像一头瘟猪。你走快一点儿，我求你了。朱木朗带着刘井和他哥的午饭往南山方向走去。他故意放慢脚步，让马男方着急。他想要跑你自己跑，刘井又不是我的老婆，为什么要我跑步前进？

朱木朗走了大约半个小时后，王桂林迈进了马男方家的门槛。王桂林的身上冒着热汗。他用一把树叶充当扇子，不停地给自己扇凉风。王桂林说这鬼天气，怎么这么热？马男方问王桂林刚才去了什么地方？王桂林说去南山看了一下我的稻田。马男方说你看见刘井和朱正了吗？王桂林不阴不阳地笑了一下，说怎么会看不见？马男方说你看见他们怎么了？王桂林又笑了一下。马男方好像被这一笑刺痛了，说他们是不是那个了？王桂林说我不知道，你自己去看一看吧，你一去什么都知道了。马男方说他们肯定那个了，你这么一说我就知道了。王桂林说我可没告诉你什么。马男方说不用你告诉，我要宰了他们。马男方说要宰了他们的时候已经从墙壁上拉下一把刀，在空中做了一个劈砍的动作，好像已经把他想要劈的人劈成了几截。王桂林说你现在就去劈他们？马男方说不，让他们把稻谷收回来了我才劈他们。

王桂林走后，马男方站在门口朝南山的方向张望，其实他什么也望不见，南山太遥远了，他只是这么望着心里才感到舒服。望着望着，他感到自己的脖子不够用了，脖子上的皮肤把他的咽喉勒得生痛，连出气都十分困难。这时他看见李民兵拿着一根长长的竹竿，从南山方向走来。他把竹竿举在手里，就像举旗杆那样举着，于是他手里的竹竿高出路旁的树木好大一截。有时竹竿会碰着树木横生的枝叶，李民兵照样坚强地直挺地举着，把挡住他的树枝扫断，许多树叶落到他走过的路上。李民兵渐渐地走近马男方，马男方看见李民兵举着的竹竿上刻着尺寸。马男方说你去了南山是吗？李民兵说去了，我去丈量我的稻田。马男方说你看见什么了？李民兵说我看见他们，唉，太不像话了。李民兵摇晃着脑袋，一直往前走。马男方想拦住他了解一些情况，但李民兵没有停下来交谈的意思。他说我没你那么闲，我还要去北坡量我的地。李民兵手里的竹竿仍然高高地举着，在走过屋角时，碰落了马男方屋檐上的一片瓦。

又过了一个多小时，太阳往西边下落一竹竿，马男方看见赵凡骑着一匹枣红色大马，走过他的门口。拴马的绳索稍长，所以赵凡就着绳索的长度骑到了马屁股上。赵凡说我刚买了一匹好马。马男方说你路过南山时看见什么了吗？赵凡撇撇嘴，什么也没说就晃了过去。整个下午南山的消息源源不断地到来，马男方想他们由暗示到不说话，事情已发展到不必说话的地步。赵凡连话都不想说了，可见事情是多么的严重。马男方爬上屋顶，站在瓦梁上。他的脖子愈伸愈长。他想我就不相信看不见你们。他的目光越过山梁，看见朱正和刘井钻进稻草堆里，看见刘井肥大的臀部，听到刘井发出被捅了刀子似的号叫。他还闻到了禾秆和新谷的气味。马男方终于看到了这么一个答案，他的眼睛一黑，双腿一软，跌坐在瓦梁上，差一点就从屋顶上摔了下来。

马男方从火坑里钳出一块烧红的铁板，在刘井的眼前晃动着，说你跟朱正到底那没那个？铁板由红色变为暗色，这已是马男方第三次举起铁块了。刘井说我已经说过了不知多少遍，没有就是没有，你难道要我睁着眼睛说瞎话吗？马男方把铁块往前靠近一步。刘井已感觉到铁块的热气，正烙着她的某个地方。马男方说我就不相信你比共产党员还坚强，你再不说我就下手了。刘井的脸往前动了一下，说来吧，你下手吧，即使你杀了我，我也没和朱正那个。马男方想你是不见棺材不掉泪，不被火烧不承认。马男方把铁块朝刘井的大腿按下去，一股焦味自下而上，刘井发出一声惨喊，倒在地上，被铁块烙过的那条腿抽搐着，像一只垂死的鸡那样抽搐。马男方说现在你还说没有吗？刘井的眼睛和嘴巴紧紧地闭着，仿佛马上就要死了。马男方把一盆冷水泼到刘井的身上。刘井慢慢地睁开眼睛，说没有就是没有。说完，她又闭上眼睛，痛得连睁开眼睛的力气都没有了。

夜已经很深，刘井还没有从地上爬起来。马男方坐在一旁看她，他看得眼皮叠上眼皮，最后他睡了过去。到了后半夜，马男方被刘井的哼哼声吵醒，他问她你们到底那个没有？只要你告诉我实话，我就会放过你。刘井的嘴巴尽管动着，但发不出一点儿声音。马男方把她的手和脚捆住，把她的头发悬在梁上。他说你什么时候招了，你什么时候叫我。你不招我也知道，只有你们两个在田里，就像干柴和烈火，岂有不那个之理，是我，都忍不住会那个，何况是你们。马男方扔下刘井，躺到床上睡大觉去了。

马男方和马一定几乎是同时醒来的，他们听到刘井喊一定，快来救我。马一定翻身下床，被马男方抓了回去。刘井听到马一定在卧室里哭。马一定哭着说爸爸你为什么要捆我，你为什么要捆我？马一定被马男方用绳子捆到床上，他不知道刘井出了什么事。马男方说你是我的儿子，现在你不要浪费你的眼泪，现在我不准你哭。听见了吗，不要哭，你的每一滴眼泪都是马家的。她早已不是你的妈妈了，她的儿子姓朱不姓马。马一定的哭泣声渐渐消失，他在哭泣声中睡了过去。

马男方听到刘井说，姓马的你给我松绑吧。马男方说我为什么要给你松绑？刘井说我招，我都快要死了，我想我还是全招了。马男方给刘井松绑。刘井晃动着脖子，说你把我扶到椅子上去。马男方哎了一声，把刘井扶到椅子上。刘井说你去找药来敷一敷伤口，现在我的伤口还像烧着那样难受，连出气都痛。马男方说痛是没得说的，不说是你，就是我们大男人也会受不住。

马男方一边说着一边在柜子里找草药。他把找出来的草药捶细，敷到刘井的伤口上。他说如果你早一点招，就不会受这么多苦。刘井说如果我知道你对我这么好，我早就招了。马男方说那么说你们那个啦？刘井说那个了。马男方右手握成拳头，打了一下自己的左手掌。他说你终于招了，嘿嘿，你还是招了，嘿嘿。

马男方从地上跳起来，他突然意识到问题的严重。他说这不公平，这一点儿都不公平，你们都可以那个，我为什么不可以那个？你们这是欺负我。从明天起我也和你们一样，跟别人那个。刘井说你只管那个，我没有意见，我绝对不会，像你这样用烧红的铁块，去烙你的大腿。马男方说真的？刘井说真的。

马男方从床上爬起来的时候，天还没有完全明亮。马男方伸头看看窗外，门前的那条土路已经灰得像一条带子，飘动着召唤他上路。他带着一本算命书和他的酒壶拉开了大门。刘井被大门的呀呀声吵醒，她说马男方，你要去哪里？马男方说我要去找女人，去做你和朱正做的事情。刘井说你能不能晚两天再去？马男方说我为什么要晚两天再去？刘井说我不是不让你去，我绝对没有这个意思，只是我的伤口还没有好，我还不能下床行走。你能不能等我的伤口好了再去，这种事情也不在乎一天两天。马男方说我一天也不能等了，我恨不得现在就那个。我如果把你服侍好了再去，那你不是太幸福了吗？你做了这么好的事情，还不想付出一点儿代价，那是不可能的。我如果现在不走，那就太便宜你了。

马男方就这么走了，他没有洗脸没有关上大门。刘井感到他走的时候门口特别明亮，等他的脚步声消失，灰蒙蒙的天空又合拢起来，挡住了马男方远去的背影。

这天中午，刘井想爬下床做饭，但她那条被烙伤的腿像不是她的腿，一点也不听她的使唤。她只好用嘴巴指挥马一定干活。她说一定你先把水烧开。马一定说什么叫把水烧开？刘井说就是用火把锅头里的水烧得滚动。马一定说妈，现在水已经烧开了。刘井说你往锅头里倒上一碗米。马一定说我已经倒了。刘井说现在你不停地用铲子搅拌锅子里的米。马一定说现在我已经搅拌米了。刘井说现在你把锅头盖好，等锅子里的水再滚了，你就把水舀出来，舀到锅里只剩下一点水为止。马一定说一点水是多少？刘井说高出米一筷条。马一定说然后呢？刘井说然后你把火弄小，让火慢慢地把饭烤熟。

厨房里没有一点声音，马一定坐在火炉旁看那些明亮的火子，静静地烤着锅底，锅底被火子烤红了。马一定说妈现在饭已经熟了。刘井说你从坛子里掏出几颗酸辣椒。马一定说我已经掏出来了，它们都是红的。刘井说你这么一说，我就想吃饭了，现在我的口水都流出来了。马一定说我马上把饭送到你的床头去。刘井说你送进来吧。马一定舀好一碗饭，准备送进卧室。

刘井突然叫道一定，你先把饭放下，给我送一只尿盆进来，我的尿胀得很厉害。马一定送了一只尿盆进去。刘井说不行，你还是帮我拿一根拐杖来。马一定说你要拐杖干什么？刘井说我要上厕所。马一定说我不是给你拿盆了吗。刘井说我不习惯，我非上厕所不可。马一定找来一根拐杖，刘井慢慢挪到床边，差点就从床上跌了下来。

刘井拄着拐杖往前挪动，她那只烫伤的右脚不敢使劲。只要那只脚触到地面，她的嘴角就像被什么刺了一下，夸张地咧开。她的拐杖摇晃了几下。她站在原地一动不动。她丢掉拐杖把手扶到马一定的肩膀上，这让她多少有了一点安全感。现在马一定成了她的拐杖，成了她的右脚。她每向前迈一步，马一定就要咧一下嘴角，嘴里发出咝咝声。刘井不知道马一定摇摇晃晃的肩膀能够支撑多久，但是她又不得不上厕所。她想还是走一步算一步吧。刘井说一定，你的肩膀受得了吗？马一定说受得了。马一定说受得了的时候，双腿晃动着像是被风吹得快要倒下去的禾草。他们就这么摇晃着，朝厕所走去。刘井一边走一边说都是你爸爸作的孽，你爸爸不是人，他连禽兽都不如，怪只怪我没有给你找到一个好爸爸。

一个时期内，马一定成了刘井形影不离的拐杖。刘井常常让这根拐杖带着她来到大门口乘凉。他们望着门前灰白的土路和那些远处的山，一句话也说不出来或者一句话也不想说，而且这样一望就是一个下午。刘井说马一定你玩一玩泥巴吧。马一定说我不玩。刘井说你不玩泥巴干什么？马一定说不干什么，就陪你这么坐着。刘井说你的爸爸不知道到哪里去了，你猜你爸爸现在在干什么？马一定望一眼山那边的村庄，村庄传来一阵孩子们的喊叫，像是送给他们一个模模糊糊的消息。马一定说我怎么知道他在干什么？刘井说如果我嫁的不是现在你这个爸爸，而是一个勤劳的爸爸，那么我们的生活说不定会和现在不一样，说不定会和皇帝差不了多少。那样你既可以读书，我也不用下地劳动，你是少爷我是太太，一定，你说那样的生活会有多好？马一定说我想读书，我做梦都想读书，但是我们没有钱。刘井说这事都怪你的外公，因为你的外公喜欢喝酒，所以他把我嫁给了一个酒鬼。

一提到外公，马一定就朝村外跑去。刘井看见他跑的时候，那件没有扣好的黑衣服往身后飞了起来。他像一只鸟那样飞了起来，双脚几乎离开了地面。刘井只看到他在跑，却看不清他是怎么样跑。刘井对着他的背影喊一定，你要到什么地方去？从土路上吹过来一阵风和一片尘土，风和尘土把马一定的声音灌进刘井的耳朵。刘井听到马一定说我要去找外公。刘井的目光跟随马一定的背影跑了一里多路。马一定站在外公的面前，说外公你是一个坏人，我和我妈都恨死你了。你为什么把我妈妈嫁给一个喜欢喝酒的，你为什么不给我找一个好爸爸？如果你不把妈妈嫁给我爸爸，我们就会过上皇帝一样的生活，我就会有钱读书，我现在就不用光着脚板走路，你就会有好多酒喝。外公，我们现在后悔都来不及了，我们现在无比地恨你，恨得我都不想喊你外公。马一定看见外公坟墓上的青草，像老人们长长的胡须在风中摆来摆去。外公只不过是一堆泥巴，他在几年前就变成泥巴了，现在他根本听不到马一定的声音。

渐渐地刘井看见出村的道路上，有几个稀稀拉拉的人在走动。他们肩扛农具背着水壶，从劳动的地方归来，脸上沾满黄色的泥巴。只有极少数人穿着崭新的衣服，迈着平时不迈的细小步伐，由里向外走去。一天又一天，在一个迷迷糊糊的秋天下午，刘井看见一个人来到门口，放下肩上的担子，说刘嫂借一口水喝。他的担子里装着斧头、刨刀、凿子、铅笔、磨刀石、圆规、木尺等用具，刘井由这些用具想起木匠，由木匠想起聂文广这个名字。刘井说文广，你去哪里做木工回来？聂文广的嘴里含着瓢瓜，他听到了刘井的询问，却不能回答。他的喉结上下移动着，把水快速地送进食道，像是好几天没喝水了。喝饱水后，他长长地出一口气，说水还是家乡的甜。刘井说你尽管喝吧，这些水都是一定用盆一点一点地端回来的，我有好长一段时间都不能干活了。聂文广抹了一把湿漉漉的嘴皮，说对啦，我在太阳村做木工时，看见你们家的马大哥了。刘井问他，马男方在那里干什么？聂文广说好像也没干什么，好像在给别人算命。我不太清楚他在那里干什么，他只待了三四天就离开了那个地方。他说如果我回家的话就向你们问好，就说他过得很好。刘井说他还说了些什么？聂文广说他再也没对我说什么了。

第二天，兽医苟日给刘井带来了关于马男方更确切的消息。苟日说马男方的身边多了一个女人，好像是老风山王恩情的大女儿王美兰。他们手挽手从这个村走到那个村，给别人算命，其实那哪里是给别人算命，分明是在骗人家的吃。我在好几个村子里与他们相遇，转来转去总碰在一起，世界真是太小了。我看见他时，都为他感到脸红害羞，都不好意思认他做老乡，但是他却无所谓，照样和那个女的手拉手，从这个村庄走向那个村庄。有时他们就在路边……简直太不像话了。我都不忍心说给你听。刘井说说吧，我不会怎么样的。苟日说还是不说的好。刘井说你既然说了一半，为什么不把情况说完？要不说，你就应该一点儿也不说。现在我只听了一半，就像饥饿的人只吃了半碗饭，你却把他的碗抢走了，这还不如当初不给他吃，还不如当初一点儿也不说。苟日闭紧嘴巴，生怕嘴里再漏出点儿什么。刘井说你难道要我给你磕头吗？

刘井真的想伏在地上给苟日磕头，但是她那只受伤的腿仅仅能让她身子动一下，就再也不理睬她了，她的腿无法实现她的想法。苟日被刘井的举动吓了一跳，转身欲走。刘井说一定，你抱住苟叔叔的大腿，千万别让他走了，除非他把他知道的全部说出来。马一定追上苟日，双手像铁夹子一样抱住苟日的大腿。苟日每想前进一步，就必须用马一定抱住的那条腿把马一定从地上抬起来，这样走了三步，马一定愈来愈重，他的腿愈来愈沉，再也走不动了。苟日说马男方要我告诉你，他回来后就跟你离婚。这也不是什么好消息，为什么一定要我告诉你？刘井呜的一声哭了，眼泪从两个眼角涌出，像是天空突然被划破了口子，雨水大颗大颗地掉下来，就像血脉被刀片割断，再厚的棉花也被浸透。苟日说不能怪我，是你自己要我告诉你的，这不能怪我。马一定，你把手松开，去看看你妈妈，她怎么哭了？马一定把手松开，听到他妈妈哭着说，他不配，他不配做爸爸，也不配做丈夫。苟日回头看了一眼，撒腿便跑，好像有谁用刀子抵住他后腰，愈跑愈快。路面扬起一行尘土。

刘井常常坐在门口往远处看，有时天边白得像纸，那些飞过的雁或鸟就像是写在纸上的消息，让她的眼睛愉快心情愉快。有一天下午她终于睡过去了。她用手撑住脑袋，口水从她的嘴角不自觉地流出，舌头在嘴唇上舔来舔去，好像是在梦中吃到了什么好东西。有一个人走到她面前，叫了她一声嫂子。她没有听见。来人再叫了一声嫂子。刘井睁开眼睛，看见马红英站在她的面前，她弯着腰，身上挂着三个旅行包，头发上全是汽油的味道。刘井想站起来牵住她的手，但是刘井的腿晃荡着，怎么也站不起来。马红英说嫂子你怎么了？刘井挽起她的裤管，露出烫伤的大腿。在马红英看到她伤口的瞬间，她的眼泪哗哗地流出。红英呀，她说，你终于回来了。马红英说这是怎么搞的，伤口都化脓了，也不去医一医？是谁把你搞成这样？刘井说还有谁？除了你哥哥，还会有谁？

马红英从衣兜里掏出两张大钱递给刘井，说你快到医院去治治你的伤口吧。刘井把钱推回来，说怎么能要你的钱呢？这是你打工的钱，是你用汗水换来的，我怎么能要呢？伤口烂了还会长出肉来，但是钱花出去就再也回不来了。马红英和刘井把钱推来推去，像是在较量她们的手劲，那两张钱差不多被她们的手揉烂了。马红英的手最终软下来，她捏着那两张皱巴巴的钱，从张家走到赵家，从赵家走到李家，从李家走到朱家，她要请人把她的嫂子抬到乡医院去。

朱家兄弟做了一副担架，跟着马红英来到刘井面前。刘井看见担架，问是谁叫你们做的？朱正说马红英。刘井说她给你们多少钱？朱正说二十元。刘井说你们回去吧，医院我不去了。马红英说为什么不去？刘井说我的药费都用不到二十元，何必要坐担架呢？马红英说那你怎么去医院？刘进说让　定扶着我去。马一定像一根拐杖，被刘井捏在手里，他们都拒绝坐担架，开始往乡医院的方向走。朱木朗扛着担架跟在刘井和马一定的身后。朱木朗说钱已经付过了，我们是不会退的，你不坐白不坐。刘井他们走得很慢，她每向前迈进一步，马一定的牙齿就会打一次战，走了大约一百米，马一定快支持不住了，他像一根即将被折断的拐杖，在刘井的手里晃动。刘井坐到路边的草地上伸伸腿，说朱木朗，你回去吧。朱木朗说即使扛着空担架，我们也要走到乡医院再走回来，做人就讲个信用。刘井说我不坐你们的担架，你把钱还给她。朱木朗说那是不可能的，担架我们编了差不多一个小时，现在不是我们不抬你，而是你自己不愿坐。不坐担架的责任在你，不在我们，如果你怕吃亏的话，就赶快坐上来。刘井说早知道你们不退钱，我就不走这一百多米。朱木朗把担架放到地上，说现在你后悔了吧，后悔还来得及。刘井坐到担架上，说你们让一定也坐上来吧，这孩子为我受了不少苦，你们也给他享受享受。朱木朗说两个太重了，我们抬不起，除非你叫马红英加钱。刘井望着担架下的马一定，说一定，等我有钱了，专门请人给你做一副担架，把你抬来抬去。

朱正在前，朱木朗在后，他们把刘井抬起来。马一定没有担架高，他走在担架的下面，远远看过去，好像是三人抬着一副担架往前走。刘井说一定，你一定要记住，马家没有一个好人，只有你的姑姑马红英对我们好。你一定要记住，是谁给我们请担架哎，是姑姑马红英；是谁给我们医伤口哎，是姑姑马红英。你一定要记住，这个世上没有几个好人，有的人他占了你的便宜还要收你的钱。

一个星期后刘井出院。马红英和马一定到山坡上采了一大堆野花。他们抱着野花往乡医院走。野花撑着马一定的下巴，他一手抱着野花，一手提着下滑的裤子。直到把花递给刘井，他的一只手才解放出来。

马红英说嫂子，不给一定读书实在是可惜。刘井说我没有办法，我连钱的一个角角都拿不出来。你又不是不知道你哥哥，他好吃懒做，找不出一分钱来给一定读书。一定摊上这样一个爸爸真是倒霉。我恨不得跟你哥哥离了。马红英和刘井一边说一边由乡医院往家里走。马一定走在前面，他一手抱着野花，一手提着下滑的裤子。

晚上，马红英给刘井一个信封。刘井说这是什么？是谁写来的信吗？马红英说不是信，是钱。刘井说你为什么要拿钱给我？马红英说我要把一定带走。刘井说你要带他到什么地方去？马红英说带他到城里，让他读书，我不能眼睁睁地看着你们把一定的前途给毁了。刘井说带你就带，干吗要给我钱？我又不是卖儿卖女。马红英说钱也不多，你收下吧，我知道你现在很困难。你拿这钱去买一条裤子，你的裤子已经破了好几个洞，它已经不能为你遮羞。刘井拍拍自己的裤子，说这有什么可羞的，脱了衣服人和人都一样。马红英把信封留在桌子上，说不一样，绝对不一样，你还是去买一条裤子吧。我明天就走，再拖一天就超假了，只要一超假就不能在厂里打工了。

刘井打开信封，看见信封里装着五十元钱。她把这钱缝在马一定的衣兜里。她一边缝一边说，一定，你的姑姑真是个好人，像她这样的人，现在打着灯笼也难找。你跟着她将来有吃有穿有文化，说不定还会当上大官。如果你有钱了，就给妈妈做一幢房子；如果你当官了，就让妈妈到你的单位去扫地。这五十元钱我把它缝在你的衣兜里，不到关键的时候不能用，不能因为嘴馋而用了，不能因为买玩具而用了，除非是生病或者是姑姑不理你的时候才能用。尽管她是你的姑姑，但她毕竟不比妈妈亲，久了她也会讨厌你，会生你的气，会打你。但是无论怎么样她都是为了你好，你不要惹她生气，听她的话，跟她走。她指到哪里你走到哪里，她叫干什么你就干什么。马一定说我走了你怎么办，谁跟你讲话谁扶你走路谁跟你去南山收谷子？我不跟姑姑走，我宁可不读书也不跟她走。

第二天早晨天还没亮，刘井就被马红英叫醒了。刘井伸手去摸马一定，床上空空荡荡的，马一定已经不见了。刘井想天都还没有亮，一定会去什么地方呢？刘井一边穿衣服一边叫马一定，等她穿好衣服时，仍然没听到马一定的声音。于是来不及洗脸的刘井站在门口对着大路喊，对着高山喊，对着森林喊：一定，你在哪里呀，你在哪里？你别错过了这样的好机会，你会后悔一辈子的。你难道不想发财吗？你难道不想升官吗？如果不是你姑姑这么好心，你会有这样的机会吗？其实我也舍不得你，但是为了将来，为了你好，我不得不这样。你快出来吧，再不出来就误了你姑姑的时间，她就去不成广州了。

村庄静悄悄的，只有刘井的声音被夸大了好几十倍在空中飘荡。等她的声音一停，村庄里什么声音也没有了。马红英说他再不出来，我就要走了。刘井说你再等一等，我去把她找出来，他一定躲到牛棚里去了。

刘井发现马一定睡在牛棚上的稻草堆里。她把他从牛棚里抱出来，他仍然熟睡着。他试图睁开眼睛，但像有什么东西黏住了他的眼皮，无论怎么努力也睁不开。马红英说嫂子，你把他放到我背上来，我背着他走。刘井说这怎么行？你还要拿行李。这个仔好像一夜没睡，现在刚刚睡着，还是我背着他送你一程吧。马红英说等会儿他醒来看见你，他又不走了，还是我背着他走。刘井把马一定放到马红英的背上。马一定的脑袋在马红英的背上晃来晃去。天愈来愈亮，他们的脑袋愈晃愈远。他们的脑袋愈远刘井看得愈清晰。渐渐地他们的脑袋变成了一个脑袋，马红英的行李包再也不飞起来落下去了。刘井看不见他们了。刘井踮起脚后跟，才又看见他们的背影。他们继续往前走，他们愈来愈小。刘井向前跑了几步，站在一个土坡上。他们的背影又清楚起来。现在她可以看着他们走很长的一段路。终于，他们转了一个弯，从刘井的目光里彻底消失。刘井说一定，你就这么走了，你连一句话都没有跟我说就走了。

突然，刘井看见路的尽头出现了一个小黑点，在小黑点的后面出现了一个大黑点，两个黑点都朝着她飞跑过来。她知道那个小黑点是马一定，那个大黑点是马红英。刘井手里捏着一根细小的鞭子，站在大路的中间。凉风穿过她破开的裤洞和头发，她的手上一片冰凉。马一定的面孔愈来愈清楚了，刘井听到他叫了一声“妈……”看见他正扑向自己。刘井闭上眼睛，举起鞭子狠狠地刷去，马一定发出一声叫喊，转身跑开。刘井举着鞭子追赶马一定。马一定往他跑过来的方向跑。他一边跑一边回头，双脚被鞭子抽得一跳一跳的，好像路面成心不让他落脚。刘井说你为什么要回来？你爸爸是个懒汉，是个酒鬼，我都不想跟他过一辈子，你还想跟他过一辈子吗？你爸爸从来不下地劳动，你回来喝西北风吗？你不是我的儿子，你给我滚。如果你是我儿子的话，就不要回来，就去过你的好生活，就去读书去发财。刘井在说这一连串的话时，始终没有睁开眼睛，她害怕一看见马一定心就软。她的鞭子上下横飞。马一定站在路上再也不跑了，他像承受雨点一样承受着刘井的鞭子。终于刘井听到了哭声，她的鞭子刷到了马一定的眼角上。马一定用手掌捧着眼角，离开刘井往前走，紧追而来的马红英拉住马一定再一次离开。刘井说你滚吧，你给我滚得越远越好。刘井听着哭声慢慢地变小变细，以至消失，但她始终不敢睁开眼睛，她像盲人一样捏着鞭子一动不动地站在那里，站了差不多一个上午。

刘井对着这个上午从她身边走过的每一个人说，如果你们碰上马男方，那么你们给我告诉他，他的孩子跟他姑姑去城市去了。

第二年春天，当山上的树叶和青草全都长起来的时候，刘井的脸上也开始有了红色。她在另一间屋子里铺了一张小床，跟马男方过着分居的生活。她相信只要分居两年，就能跟马男方离婚。一天中午，她看见屋角的那棵李树上挂了许多青色细小的李果。她的嘴里突然冒出好多口水。她想吃那些没有成熟的李子。她爬上李子树去采摘它们。她只吃了一颗，就被李子酸得咧开了嘴巴，感觉李子已酸到了牙根。她正准备下树，忽然看见一个警察朝村子走来。警察一边往村子里走一边吹着口哨，还一边摇晃着手铐。警察警察你拿着手枪，口哨口哨你吹得嘹亮，我没有偷也没有抢，我不怕你的手铐也不怕你的枪。

刘井呆呆地站在树丫上忘了下来，她被人民警察的身材口哨大盖帽吸引。她折断眼前的树叶，看着警察的步伐和他身上摆来摆去的挎包。警察来到她家门口，眼睛往四周望了望，像是观察地形。他看见刘井站在树上，说这是马男方家吗？刘井的身子突然抖动起来，像是被警察的声音吓怕了。警察又问了一句，这是马男方的家吗？刘井说是的，你找他干什么？他犯了什么错误？警察说你是谁？刘井的身子抖得更加厉害。刘井说我是他的老婆。警察说叫什么名字？刘井说叫刘井。警察说我告诉你，不过你先下来。刘井往树上缩了一下，说我不下来，你要干什么？你要抓我吗？如果是马男方犯错误，你可不能抓我。警察说我怎么会抓你呢，我只是要告诉你一个消息。刘井说什么消息？是好消息或是坏消息？警察说你先下来，我才告诉你。刘井说我不下来，你不先告诉我我就不下来。你别骗我了，你肯定是想抓我。警察笑了一下，说我骗你又没有什么好处，我干吗要骗你，下来吧，刘井同志，下来吧。警察甚至向刘井伸出了一只手。

说不下来就是不下来，我说话算话，刘井抱住树枝看着警察说。警察说那么好吧，你们是不是有一个儿子，叫……警察翻了一下笔记本，咳了一声嗽接着说，你们是不是有一个儿子叫马一定的？刘井说他怎么了？警察说他被一个名叫马红英的拐卖了。刘井眼睛一黑，从树上栽了下来。

从邻村赶回来的马男方冲进家门，说什么什么，一定被谁拐卖了？你为什么让他被拐卖了？你是不是故意让他被拐卖的？马男方在屋子里走来走去，想找点儿事情干干，他想我应该惩罚一下刘井，她怎么敢把我的儿子卖掉？他从屋角拿起一根棍子，来到刘井的床前，说我要把你的身子戳烂。刘井张开大腿躺在床上，说戳吧戳吧，我早就希望有人戳了，有人戳了我会好受一些，我早就希望有人戳了。是我卖了一定，他本来不想跟她的姑姑走，是我用鞭子把他赶走的。我打伤了他的眼角，还叫他滚，滚得越远越好。可是谁会想到他的姑姑会卖掉他？

马男方丢下棍子朝乡政府跑去。他的屁股上晃动着一只酒壶，他跑得越快，酒壶飞得越高。很快他就坐到了乡派出所的门口。他对着所里唯一的警察说，你把马红英给我抓回来，我要拿她下油锅，要拿她来点天灯，要拿她来喂狗，要拿她来给所有的男人强奸。警察说她已经被关到笼子里去了。但是她毕竟是你妹妹，你真的舍得给别人强奸？马男方说可是她把我的儿子卖了，她做得初一，我做得十五。警察笑了笑，说你先回去吧，有什么消息我会及时告诉你。马男方说你不把我的儿子找回来，我就不走。马男方干脆睡到了地板上，他说你快点儿给我找啊。警察说我去哪里找去？马男方说你不去找你不是白拿国家的工资了吗？我们每年都要上交公粮，你吃了我的公粮，为什么不去给我找孩子？马男方说着说着慢慢闭上眼睛，他不知不觉在地板上睡着了。

马男方醒来时，天已经完全黑了，街上除了有两只狗走动外，已没有其他动物。他拍拍派出所的门板，里面没有任何反应。汪警察不知道到哪里去了。马男方骂了一声，便开始摸黑回家。还没有进村他就对着村子喊刘井，我回来了，现在我一点都看不见，我的眼睛黑黢黢的什么也看不见，你快点拿手电筒来接我，听见没有，快点来接我。他的喊声不仅刘井听见了，村子里的人都听见了。刘井以为马男方找到了马一定，立即跟赵凡家借了电筒去接马男方。好多人从自己家钻出来，站在村头观看。马男方从人群中穿过，好像是一位刚从战场上归来的英雄，还对着大家挥了挥手。找到了吗？找到了吗？周围全是找到了吗的声音。马男方只挥手，一句话也没说，脸上挂着十分生动的悲伤。

刘井说怎么样了，有消息吗？马男方说有，但我不会告诉你，除非你给我煎一个鸡蛋。刘井说现在我就给你煎鸡蛋，我知道你忙了一天也该喝一杯了。一阵油的尖叫之后，屋子里飘扬着鸡蛋的味道。马男方开始用煎鸡蛋下酒，喝了起来。他一边喝一边说我已经跟汪警察说过了，要他把马红英找回来，我要拿她来下油锅，要拿来她来点天灯。他说一句话就狠狠地喝一口酒，仿佛已把马红英下了油锅。刘井说那一定呢，有没有一定的消息？马男方说我已经跟汪警察说了，一有一定的消息就立即跟我们讲，他现在就在跟外面联系，说不定明天就有消息了。

第二天，第三天，一天又一天，马男方从不下地干活，每天都到乡派出所门口睡觉。汪警察进出的时候总会用脚轻轻地踢他一下，说喂，起床喽。马男方睁开一道眼缝，接着又睡。汪警察说你总这样睡也不是个办法，你先回去吧。马男方说不，我不回去，我要等我的儿子。每次说到这里，他总会用力地哭几声，并流下几滴眼泪。马男方就这样不停地给刘井带来消息。马男方说睡到我的床上来。刘井说我们还是各睡各的好，我们已经分睡了那么久，现在睡到一起，前面的分睡不是没有用了吗？早知道今晚要睡在一起，又何必当初呢。刘井这么说着的时候，已经来到马男方的床前。马男方说上来吧。刘井说你先告诉我消息，我才上来。马男方说不，你先上来我再告诉你。刘井说上来就上来，这床本来就是我的，我又不是没上来过。马男方说汪警察说了，只要能找到的，他们都会设法找到，万一找不到他也没有办法。

马男方说汪警察今天打了三次电话，都是说一定的事情。

马男方说汪警察是个好人，他今天给我喝了一杯酒。

马男方说那些干部都很同情我，他们下班的时候总问我找到了吗？就像问我吃过了吗一样。

刘井从床上爬起来，说这些消息都没有用，我跟你白睡了好几个晚上，明天晚上我要回到我的床上去。我的一定，你的消息怎么一点儿都没有？刘井坐在床上又哭了起来。她哭的时候没有眼泪，她已经没有眼泪了。

刘井睡到自己的床上。马男方每晚回来看到的是刘井紧闭的房门。马男方拍打刘井的门板，说开开门吧，刘井，你给我煎鸡蛋，你睡到我的床上来，我有重要的事情告诉你。刘井说你不会有什么重要的事情告诉我，你每天只不过是去派出所门口睡觉，他们已经全部告诉我了。马男方说不过今天确实有重要的消息。刘井说那你说吧，说出来看是不是重要。马男方说你得先打开你的房门。刘井说我不会打开。马男方说你真的不打开？刘井说真不打开。马男方说那我可要说了。刘井说你说吧。马男方说汪警察说他们已经把一定的眼珠挖出来卖掉了。刘井像是被刀子戳了一下，从床上滚到地上。马男方似乎已听到刘井跌到地上的声音。马男方说他们还砍断了一定的一只手。刘井感到心脏紧缩，呼吸困难。她试图站起来，但只站起半条腿又跌倒了。马男方又一次听到刘井跌倒的声音，而且这次比上次跌得更响，好像连脑袋都撞到了地上。马男方说然后他们每天把一定放在城市最显眼的地方，让他讨钱。讨得钱以后，他们把钱全装进他们的口袋，一定吃不饱穿不暖，一天一天地瘦了，现在瘦得就像个猴子。房门无声地打开，刘井像一根木头从屋子里跌出，像一根木头横躺在地上。刘井躺了好长一段时间才醒过来，她说马男方你不要说了，我的气已经出不来了，我的胸口快要裂开了。

刘井从地上爬起来，朝乡政府走去。她没有借电筒也没打火把，只走出村庄几百米就跌下路坎。她感到头被什么敲了一下，然后什么也不知道了。等她知道了的时候，她觉得额头冰凉，伸手一摸是湿漉漉的血。休息一会儿，她又开始往前走。她不停地走不停地跌，在两公里长的路上，一共跌倒十次。当她扑到汪警察的门上时，她已经没了拍门的力气。战士死于战场，刘井倒在汪警察的门口。刘井没说一句话就晕倒了。

第二天早上，汪警察开门时被刘井吓得往后退了一步。汪警察说怎么了，你怎么了？谁打破了你的额头？刘井说汪警察我问你，马一定是不是被别人挖了眼睛？是不是被别人砍断了一只手？是一只还是两只？是不是在为别人讨钱？汪警察说是谁告诉你这些？刘井说是马男方。汪警察说真是岂有此理，我对他说在国外，有的坏人简直不是人，他们买到儿童后就像你刚才说的这么干。我们是社会主义国家，怎么会有这样的事？何况我们还没有马一定的消息。刘井说你说的都是真的？汪警察说看在你跌破额头的份上，我会跟你开玩笑吗？刘井啊了一声，说原来没有，原来是这样。刘井出了一口长长的气，出了一口像公路那么长的气。她的双腿由硬变软，身体由站着变为坐着。

坐着的刘井突然听到远处传来救命的喊声。喊声像从发出喊声的地方伸过来的一条路，她沿着这条时断时续的路往前走，看见一个水库，水库上有几个人撑着竹排正在打捞什么。有几个人脱光衣服，在水面上浮起来又沉下去。他们说有一个小孩掉进水库了。刘井问他们是不是一个八到九岁的孩子？他们说是的。刘井说他是不是有这么高？刘井用手比画一下。他们说是的。

刘井说那一定是我家的一定，一定哎，我来救你来了。刘井喊着准备往水库里跳。一个陌生的男人一把拉住她，说她不是你的孩子，她是我的女儿。你来凑什么热闹？刘井说掉下去的是你的女儿？拉住她的人点了点头，眼睛红得像出了血。刘井说你的女儿掉进去了，你为什么不往里面跳？那个人好像是被刘井问得不好意思了，低头看自己的裤裆，两只手抱住后颈。

刘井坐到水库边，太阳正好出来。水面被太阳照得红红的，一个波浪就像一面镜子。刘井想太阳出来得真不是时候。那个拉过她的男人说我不知道她来这里干什么。这么早她来这里干什么？她如果不是专门来跳水库，她来这里干什么？在男人哭泣的伴奏下，刘井看见他们从红彤彤的水面捞起一个女孩。她的目光在这个女孩的脸上抹来抹去，一直抹了九遍，才把目光从女孩的脸上拿开。

汪警察踢了一下睡在门口的马男方，说我真的不想踢你，我一踢你我的皮鞋就像喝了酒一样。现在踢你，不，严格地说这不是踢，而是碰，现在碰你是因为不得不碰你。你带个口信给你老婆，前几天县公安局从外地解救了几个被拐卖的儿童，但是没有马一定。加速村一农户的儿子被拐卖后，自己出去寻找，也在前几天把儿子找了回来。可见你们的儿子并不是没有回到你们身边的可能，只是我们在寻找的同时，你们也想办法找一找。

刘井望了一眼天边，说可是我们去哪里去找他？我们去哪里找到找他的钱呢？坐在门口已两个多小时的刘井，坐在一块冷冰冰的石头上。她的皱纹像众多的蚂蚁瞬间爬满她的脸皮，那些皱纹又像是裂开的土地，现在正一点一点地裂着，并且发出嘁嘁喳喳的声音。她感到皮肤绷得像快要扯断的橡皮筋，皮肤已经不够用了。她像一只破裂的瓷碗，在碎片分开之前的几万万分之一秒内，勉强地凑合着。她的目光从她的眼眶里飞出，看着前面山梁上一排高矮不齐的树，那些树叶以及树叶上的纹路都像摆在眼前一样清清楚楚。她不太相信自己有这么好的眼力，于是用手揉揉眼睛。揉过之后，她的眼睛看得更远了，她看见山那边的一个村落，看见一条大河波浪宽，风吹稻花香两岸。那个村落就是加速村，她曾经到过那里，听马男方说那里的一个小孩失踪之后又找了回来。她想如果我的眼睛一直能看到城市，看到一定那该多好。

她绷紧眼皮，拼命地想往更远的地方看，但是她的目光像一支飞箭的末尾，被一排瓦檐挡住了去路，再也无法翻越那道屋梁。她的目光在屋梁上挣扎一阵，就倒下了，就像一个累坏了的长跑运动员倒在跑道上，心里不停地想跑，身体却没有力气让她再跑下去。那个屋顶是被拐卖的孩子家的屋顶，现在他们全家把孩子锁在卧室里，不让他乱说乱动，以免再次走失。刘井把目光收回来，放到自己的脚尖。她的目光像一团火，烤着她的脚尖，她看见左脚的鞋子开了一个破洞，大脚拇指头伸出来，它的趾甲慢慢变大，就像操场那么大。

这时木匠聂文广挑着他的工具往村外走，他又要外出做木工去了。聂文广走过刘井的身旁时说刘嫂，我听说城市里的人吃的都是黑色的馒头，他们没有肉吃，像狗一样天天啃食骨头。啃过一次的骨头他们舍不得丢，他们把骨头再次放到锅里熬，熬啊熬，他们一共熬了三次啃过三次，才舍得把骨头丢掉。他们个个脸色发黄，瘦得皮肤贴着骨头，眼窝深得像酒杯，走起路来像苇草，风一吹就倒。他们没有土地，所以他们比农村困难一百倍。他们每天要用一半的时间来睡觉，比你们家的马大哥还要懒惰。他们从来不洗澡不梳头，最可怕的是他们只有四个脚趾。聂文广也不管刘井听不听，相信不相信，他低着头一边说一边往前走，好像他刚从城市回来，他的说法千真万确不容置疑。

等聂文广走远了，刘井想马一定现在是不是坐在一座天桥上，正在捡地上的骨头啃食？那些被别人丢掉的骨头，就像是被剥光树皮的树，已经没有什么东西可啃了，马一定捡起来又丢下去，不知道内情的人又把它捡起来。马一定明知道骨头没什么啃头，但还是啃着，这说明他实在是饿得不行了。马一定的眼睛还是眼睛，马一定的手还是手，它们都完整地保留在马一定的身上，只是比原先小了一圈。刘井想谣言不可信。刘井刚把谣言不可信想完，就出了一身冷汗，因为刚才她没有看见马一定膝盖以下的两只脚，马一定的脚被剁掉了，现在正坐在天桥上讨钱。他的面前放着一个纸盒，钱已经堆到了纸盒口，纸盒再也装不下钱，钱就落到桥面上。刘井一辈子都没见过那么多钱。有一个肥胖的女人，这是城市中唯一肥胖的女人，她躲在人群中监视马一定的工作。每当纸盒里的钱满得不能再满的时候，她就提着包跑过来把钱收走。马一定说我饿，你给我吃一个黑馒头吧。胖女人说少啰唆。马一定的眼睛就跟随胖女人走，他的舌头舔着干裂的嘴唇。一定，她怎么连一个馒头都不给你吃？你给她挣了那么多钱，她怎么连一个馒头都不给你？刘井闭上眼睛大喊一声，呜呜地哭了。刘井说马男方，我们还是把我们的牛卖了。马男方从屋子里冲出来，说为什么要把牛卖了？刘井说我们需要钱找一定。

刘井把卖牛所得的钱和跟别人借的钱堆在一起，推到兽医苟日的面前，说苟大哥，马一定就全拜托你了。刘井感到这一沓钱是那么的重，那么的真实可信，那么的可亲，它使拥有它的人一下子有了富裕的感觉。苟日用衣袖抹一抹沾满油花的嘴角，那个嘴角是刘井家的鸡肉给涂油的，它现在闪闪发光，比他身体的任何一个部位都光彩夺目，嘴角简直不是嘴角而是招牌。苟日用衣袖又抹了抹嘴角，说放心吧刘井，还有马男方，你们放心吧，马一定的事情就包在我的身上。你们的事也是我的事。你们也知道我在外边有熟人，你们只管放心地睡觉，放心地喝酒，等着我把马一定带回来吧。苟日把钱揣进衣兜里，马男方的嘴角咧开了一下，好像是得了牙痛。苟日揣好钱，按紧衣兜倒退着出门。他的头不停地点着，小心得像是他求刘井和马男方办事，而不是刘井和马男方求他办事。

等苟日退出大门，马男方就用手在刘井的大腿上狠狠地拧了一下，刘井发出一声尖叫。尖叫未毕，马男方又扇了刘井一个耳光。刘井说你怎么了？马男方竖起两个指头说，两千，那可是两千元啦，我一分都没有花，他就把它全拿走了。刘井说是你叫我拿给他的，你怎么打我？

马男方紧跟着苟日出了大门，他一直跟着他。苟日说你跟着我干什么？马男方只是笑。苟日走，他就走。苟日停，他也停。苟日说你到底要干什么？你说出来，你不要光笑，你一笑我的心里就没底。马男方说也没什么，只是，只是……苟日说只是什么？你说呀。苟日急得双脚在地上跺来跺去。马男方说只是，你一下子就拿走我们那么多钱，能不能给我一点回扣？我曾经割草喂过那头牛，卖牛的钱我也是有股份的。但为了找马一定，我一分钱都舍不得花，就全给了你。你把钱拿走时，你猜我怎么样了？苟日摇摇头。马男方说你刚把它揣在怀里，我的心就痛了一下。我想那么多钱被你拿走了，还不知道你找不找得到一定。

我没留下几十元钱给我自己，实在是亏了。你能不能给我一点打酒喝，只一点点。苟日从口袋里抽出二十元递给马男方，说你要留钱为什么不在给我之前留下来？马男方说当时只想到要你去帮我们找儿子，没想到喝酒，能不能再给一点？苟日说你还找不找你的马一定？马男方说找，找。

马男方拿着二十元钱走回家里。他进门之后，又扇了刘井一个耳光。刘井说扇吧扇吧，现在不扇将来你就没机会了。只要一定一找回来，我就跟你离婚。

第二天早上，苟日出发了，他的肩上挎着兽医药箱。马男方说你是去找马一定，又不是去出诊，干吗挎着药箱？苟日打开药箱让马男方检查。马男方看见他的药箱里装满衣服和洗漱用具以及钱。在药箱的一角藏着一包避孕药，它使药箱成为名副其实的药箱。

苟日每到一个地方就给汪警察打一个电话，汪警察再把他的电话内容告诉马男方，马男方再转告刘井。苟日的电话内容如下：

我已到县城，你们放心。

我已到达柳州。

我已到广州，正在托亲戚熟人设法寻找马一定，估计不要几天就会有好消息告诉你们。

根据别人提供的线索，今天我到一所学校去看了一个被拐卖来的孩子。刚一看有点儿像马一定，但仔细一看……汪警察说苟日的电话突然断了。

但仔细一看，他长得一点儿也不像马一定。我很失望。

我不得不求别人，我送他们烟酒，请他们吃喝，钱已经全部花光了。但他们告诉了我一个好消息。

我已经知道马一定的下落。

马一定被拐卖到一个工人家庭。昨天我已悄悄观察了他们的家。估计要把马一定领走得花几万块钱。你们赶快筹钱，过两天我再告诉你们把钱汇到哪里。

这个晚上马男方没有回家，消息到此突然中断。刘井想他会回来的，说不定他得到了好消息，多喝了几杯；说不定一定已经找到，他去接他们去了。他总是很晚才回来，他会回来的。刘井觉得这个晚上过得很慢，村庄也比往日安静了几百倍，安静得连狗都不发出叫声。屋子外没有脚步走动，会走的似乎都死了。他会不会因为喝多了，栽倒在什么地方？他是不是已经栽死了。刘井愈想愈感到不对，好像哪里出了差错，不是一定就是马男方。她从床上爬起来，打着火把沿着通往乡政府的路找马男方。她一路喊着马男方的名字。她这样喊道：马男方你死了吗？你躲在什么地方？你快点儿出来。你别吓唬我。你是不是去别的村睡女人去了？你要死也等我们离婚之后再死，现在死了我可说不清楚。而且我们还要找一定，我需要你帮忙。刘井用这些喊声壮胆，一直喊到乡政府门口，也没发现马男方。刘井拍拍汪警察的门板，拍了很久都没有反应。隔壁的人被刘井的拍门声弄烦了，他们隔着窗玻璃大声喊道，拍，拍，你拍什么？死人了吗？你拍得那么响。姓汪的去县城去了，你拍得再响也没有人给你开门。

刘井又打着火把往家走，回到家时，天已经大亮。她坐在门口歇了一会儿，看着早起的人们下地的下地，干活的干活。她对着那些走过她面前的男人们说，你们谁给我找到一定，我就嫁给谁。有的年轻人对着她发笑，说你都结过婚了，谁还会要你。刘井说我和马男方很快就要离婚了。马男方不是一个好丈夫，你们看看他，一点也不关心我的感受，在这么关键的时刻，在一定就要找到的时刻，他不仅不把消息告诉我，而且还跑了，跑得连人影子都不见了。年轻人说你年纪太大，不适合我们。刘井说不结婚也可以，只要你们给我找到一定，你们爱怎么样就怎么样。有人说又能怎么样？说完大家就约好似的大笑。

笑声从刘井的耳边消失，人们渐次离开刘井。刘井想一定现在过得怎么样？苟日和马男方他们都在什么地方？他们为什么不把消息告诉我？刘井从台凳上站起来，突然发觉自己的眼睛又能往远处看了。她看见山梁上的树，看见加速村的屋顶，看见乡政府，看见长长的公路，看见县城旅馆里的一个房间。房间的窗口上遮着一张窗帘，窗帘之后隐约可见两个不穿衣服的男女。那个男的像是苟日。

刘井想进一步看清楚里面的情况，但她目光有限，没办法穿透那一层薄薄的窗帘。她踮起脚后跟，发现里面的情况清楚了许多。于是她搬来一张椅子。她站到椅子上，里面的情况全部袒露在她的眼前。她简直不想看，简直不忍看，简直愤怒到了极点。她说好个苟日的，你竟敢拿我的钱来包女人？你竟然没有去找一定？你竟然骗了我们？刘井紧紧地闭上眼睛，恨不得把苟日夹死在眼睛里。她闭了很久，估计苟日被夹死在眼睛里了才睁开眼睛。苟日消失了，县城消失了，她的目光正一点一点地缩回来。刘井想再往远处看，但是她什么也看不见，她只看见自己的脚尖。

两天之后的中午，马男方跑回家里。他没有看见刘井，便向邻居打听刘井的去向。邻居告诉他刘井到南山的稻田干活去了。马男方又跑了五里多路，来到南山的稻田。他看见刘井站在稻田里耘田，秧苗遮住了她的下半身。刘井说马男方你跑到什么地方去了，怎么现在才回来？马男方没有回答刘井，跑到田角伏下身子喝了几分钟的水。他喝水时发出的咕咚咕咚声，十分响亮。响亮之后，他从田角站起来，嘴巴张着，舌头吊着，像是大热天里的一只狗那样吊着舌头。站了一会儿，他说刘井，我们被苟日骗了。刘井说我已经知道了。马男方说你怎么知道？刘井说我看见了。马男方抹一把脸上的汗，发出一声冷笑，说不管你是怎么知道的，反正苟日骗我们是真的。我去了一趟县城，在街上碰见他了。他一看见我就跑，根本没有去广州帮我们找一定。刘井说他不仅没去广州，还用我们的钱养了一个女人。马男方说我们不能就这样被他骗了，我们要找他算账。刘井说怎么个算法？马男方说我们去把他家值钱的东西全搬了。

第二天上午，马男方和刘井来到苟日家。苟日的老婆杨花坐在门口，说你们谁想搬我家的东西，得先把我搬掉。说着，她从身后亮出一把斧头，斧头磨得十分锋利，上面可以照见人物和树木的影子。马男方和刘井谁也不敢靠前，他们和杨花对骂着，说一些陈谷子烂芝麻的往事，说你家会怎么怎么样，杨花你跟谁谁睡过……杨花说刘井你也不是好货，你想一想你的腿是怎么被你的丈夫烫伤的……架越吵越没有意思，他们只是为吵而吵。他们把太阳从东边吵到西边，谁也没有吃喝拉撒。

几个爬在树上看热闹的小孩突然大叫：马一定回来了。喊完，小孩全都从树上滑到地面，然后朝村头跑去。刘井说什么？他们说什么？杨花说马一定回来了，我们家苟日帮你把马一定找回来了，现在我看你们还有什么话说？你们用你们的手掌打你们自己的嘴巴吧。刘井和马男方呆呆地站在那里。杨花说打呀，快打呀。

汪警察把马一定送到家门口，全村的人都围了上来。他们像一个句号围着汪警察和马一定。刘井说这是真的吗？这是真的吗？刘井不停地用衣袖抹着眼泪，同时也腾出手来把马一定从头到脚摸了一遍。当她的手摸到马一定那双厚厚的鞋子时，她就把手停在了那双鞋子上。许多人都望着马一定的那双鞋子，它是那样的白，那样的厚实。刘井说一定，他们没有打你吧？他们是怎么找到你的？你想妈妈吗？他们没有从你的身上拿走什么吧？

刘井用她的右手掐了一下她的左手，她的嘴巴歪了一下，好像是感到痛了。她说这是真的。说完，她又捡起一块石头，狠狠地砸在自己的脚背上。石头刚一落下，她便惊叫，双手捧着被砸的脚背，用另一只没有受伤的脚在地上跳着，像金鸡独立。她跳了一会儿，把脚放下来，说这是真的，这真是真的。哈哈，这是真的。哈哈哈哈……刘井笑得喘不过气来了。

马男方问汪警察，马一定是苟日帮着找回来的吗？汪警察说什么苟日？是公安局找回来的，你在这上面签个字，说明我们已经把马一定送到家了。马男方说我不会写字。汪警察说按一个手印也行。马男方在汪警察的本子上按了一个手印。马男方按完手印，对着人群喊杨花，你听到了吗，马一定是公安局找回来的，不是苟日找回来的。苟日他骗了我们两千块钱。

马一定回来的这个下午，刘井高兴得搓着手走进走出，不知道要干点儿什么。她见人就笑，笑过之后就说一定回来了。光这样说一说她还不过瘾，她说一定，我们到村子里走一走吧。她牵着一定的手，从张家走到李家，从李家走到赵家，从赵家走到聂家。她问一定，城市里的人是不是只有四个脚趾？没有，他们和我们一样，每一只脚都有五个脚趾，五个，知道吗？马一定举起五个手指说。刘井说我也不相信，是聂文广放的屁。

从在村子里串门开始，刘井的手一刻也没有离开马一定的手，她生怕马一定再走丢了。马一定说妈，我要撒尿。刘井说妈妈跟你去。马一定说我要玩泥巴。刘井说妈妈跟你玩。马一定说我想吃鸡肉。刘井说爸爸正在杀鸡。这一切都做过之后，刘井还是觉得没有高兴够。她说一定，今晚我们应该高兴，你最想做的事是什么？什么样的事能使你高兴？马一定说我想捉迷藏。刘井说那就捉迷藏吧。马一定和刘井开始在家里捉迷藏，他们躲在门角，藏在床铺下、被子中、水缸旁……到处都是他们的声音和跑动的身影。有一次，刘井怎么也找不到马一定。她说一定，你在哪里？你发出一点儿声音，要不然我不找你了。马一定叫了一声。刘井听到声音是从卧室里传出来的。但是她在卧室里转来转去，始终找不到马一定。她说马一定你躲在什么地方？你无论躲到什么地方，都逃不过我的眼睛，你给我出来，我看见你了，你在楼上，你在床铺底，你在尿桶边。不管刘井怎么喊马一定就是不出来。刘井也没有真的看见他，她只是虚张了一下声势。匆忙中刘井碰翻了一个酒瓶，马男方听到酒瓶破碎的声音，像刀子割他的心脏一样难受。他说你们别躲了，你们把我的酒瓶碰烂了，再躲下去我的酒瓶会被你们全部打烂的。一定，你再不出来，我就用鞭子抽你。马一定大叫一声，从米桶里跳出来，吓得刘井跌倒在地上。刘井说原来你躲在米桶里，我怎么没有想到呢？你赢了，一定，妈妈输了。

刘井和马一定从卧室走出来，看见马男方黑着脸，好像要下雨的天气。刘井说一定刚回来，今晚谁也不准生气，我们高兴过了，你也应该高兴高兴。马男方说一定你去给我拿酒来。马一定从卧室里拿出一瓶酒。马男方说一定过来，今晚我要跟你喝一杯。马男方真的灌了一小杯酒进马一定的嘴里。马一定不停地咳着，又把酒吐出来。马男方说可惜呀可惜，你怎么吐了出来，我有时想喝都没有。

马一定的那双鞋子慢慢地变黑了。一天，刘井带着马一定去南山第二次耘田。快走到南山时，马一定的鞋裂开了一个大大的口子，脚指头从裂口钻出来。他把裂开的鞋提在手里，一只脚穿着鞋一只脚光着，一只脚高一只脚低地往南山走。他看着那只破鞋想哭。刘井说晚上我给你补一补又可以穿了。马一定说补了就不好看了。马一定终于哭了起来。刘井说要不我再给你买一双，再穷也不能穷了你的这双鞋子。马一定说这种鞋这里根本没有卖。

马一定赤脚站在稻田里，秧苗遮住了他的身子。他只有秧苗那么高。他的裤子上沾满了稀泥。太阳像火一样烤着他们。马一定站在稻田里打瞌睡。刘井说一定，你困了就到树荫下睡一会儿。马一定把腿从稀泥里拔出来。他的腿上沾满厚厚的泥巴，像是一层脱不掉的铠甲。看着田坎上张开大口的鞋，马一定说妈妈，你还我鞋子，我要我的鞋子。刘井说哭什么哭，不是有一只鞋还是好的吗？马一定说我又不能只穿一只鞋，我要两只一样新的鞋子。刘井说你不是说我们这里没有这样的鞋卖吗？马一定说如果你不叫我来南山，那我的鞋子就不会走烂。刘井说一双鞋子不可能穿一辈子，它总会被穿烂的。马一定说我才不管穿不穿烂，我只要你还我的鞋子。说完，他开始往家里跑。刘井说你要去哪里？马一定说我要去找新鞋子，我要和你再见了。马一定愈跑愈快，一种不祥之兆涌上刘井的心头。刘井想莫不是马一定又要离开我了？她从田里冲出来，追赶马一定。他们像两个在小路上赛跑的运动员，拼命地往前面跑着。但是，刘井很快就被马一定甩到了身后。刘井的脚绊到了一块石头，整个人摔倒在路上。刘井说一定，你给我回来。马一定站在远处回头看着刘井，看了一会儿，他扭头跑开了。他的脚上、腿上带着稻田里的泥巴，就像带着铠甲。刘井的嘴里发出老马一样的嘶鸣。

一定出走之后，刘井就躺到了床上。她已经这样躺了半个多月。夏天正在悄悄地过去。夏天的最后一场暴雨现在落在瓦片上，雨点穿过屋顶上的空隙滴下来，滴到刘井的下巴上、眼睛上。刘井怎么也想不到马一定会离开她。她的脑袋想痛了，还是想不清楚。她的目光透过瓦片上的大洞，看着雨水落下来的天上，怎么也想不清楚。她想屋顶上开了那么多的洞，好多地方已无法挡住雨水了，等身体好的时候，要到屋顶上去整一整那些滑落的瓦片。

刘井不知道现在是什么时候，一束阳光从屋顶的漏洞跑进来，打着她的脸，天不知道什么时候放晴了。刘井说马男方，现在天晴了，你爬上屋顶去整整那些瓦片，免得再下雨时，雨水淋坏我们的衣服和粮食。刘井没有听到马男方的声音，她想他也许已经跑到什么地方喝酒去了。刘井从床上爬起来，来到门口。太阳很明亮。她想天气怎么这么好？一点灰尘都没有。这么透明的天气，我能不能看到一定？

她伸长脖子，没有看见马一定。她踮起脚后跟也没看到马一定。她站到椅子上，仍然是看不见马一定。她找了一把梯子架到屋檐上。她想屋顶那么高，如果站在屋顶上，肯定能够看得更远一些，说不定能看到一定。她沿着梯子爬上去，站在屋顶上，由于阳光太强烈，她的眼睛一时半会还不太适应。她歪头看了一下太阳，觉得眼睛好了一些。她站在自家的屋顶上，感觉自己特别高大。她伸长脖子，拼命往远处望。她看见山梁上的树，看见加速村，看见乡政府、县城，看见长长的铁路，看见高高的楼房。她的目光愈拉愈长，看见马一定坐在一张好看的餐桌旁吃午饭。餐桌上摆满了鱼虾和洁白的米饭。马一定的身上穿着一件白得像白纸那样的衣服，脚下穿着一双白得像白纸那样的球鞋。刘井不相信这是真的，就用手在额头上搭了一个凉棚，又仔细地看了又看，然后自言自语：真的，这是真的，他妈的马一定，你比我们还吃得好，穿得好。

刘井刚一说完，就感到脚下打飘。瓦片哗啦哗啦地往下滑，还没等反应过来，她就从屋顶摔下去。瓦片争先恐后地掉落，砸在她的头上、身上，她被掩埋在瓦片之中。她把头从瓦片里拱出来，头上鼓着一个大包。她说他竟然比我们还吃得好，穿得好，他竟然过着比我们还好的生活，真是岂有此理。